罪名、一万年愛す

Shuichi Yoshida

吉田修一

角川書店

罪名、一万年愛す

装画　石田加奈子
装丁　國枝達也

プロローグ

九十九島《くじゅうく》は長崎県の北西、北松浦《きたまつうら》半島西岸に連なるリアス式の群島である。

ただ、九十九という数字は風光明媚《めいび》なイメージを喚起させるためのもので、実際の島数は二百八とも二百十六とも言われている。そのほとんどは岩礁や無人島であるが、古くからの有人島もあり、昔から富裕層が所有する別荘島も多く、最近ではいわゆるプライベートアイランドとしてもてはやされている。

東シナ海に浮かぶこれら群島の絶景は、日本百景に選出されていることはもとより、この数年だけでもハリウッド映画や有名な日本のアニメ映画の舞台にたびたびなっているほどである。

さて、これからお話しするのは、この九十九島を舞台にした、とある有名一族の物語である。

そう、話の発端はこうである。

横浜《よこはま》は野毛《のげ》地区に遠刈田蘭平《とおがったらんぺい》という私立探偵がいるのだが、ある夏の午後のこと、エレベーターもない古い雑居ビルの五階にある彼の事務所を、この有名一族の三代目を名乗る青年が、汗だくで訪ねてきたというのである。

この三代目、たいそうな色男で、全身汗だくでも暑苦しく見えなかったというのだから、よほど清潔感のある青年なのであろう。

仮に、この有名一族を梅田家《うめだ》と呼ぶことにしよう。

さて、この梅田一族の祖は、今回の依頼人であるこの三代目の祖父に当たる男で、その名を梅田壮吾《そうご》という。

戦前に生まれ、佐賀市内の呉服問屋での下働きから身を起こした苦労人で、若くに独立して開いた小さなスーパーマーケットが高度成長期の波に乗る。

独自の流通システムと独特な顧客主義で年々事業は拡大。福岡の一等地、天神《てんじん》に梅田丸百貨店《うめだまる》を開業させるまでにそう時間は要さず、さらに世は高度成長期真っ只中《まただなか》、天神本店を皮切りに九州の各都市に支店を増やしていったのである。

その豪腕な経営方針と強気な哲学もまた、その時流に乗ったのであろう。彼自身もまた、時代の寵児《ちょうじ》としてもてはやされるようになっていく。

ちなみに梅田丸百貨店といえば、大規模な屋上遊園地が有名である。

デパートの屋上に子ども用の遊具を初めて置いたのは銀座《ぎんざ》の三越《みつこし》だと言われているが、本格的な遊園地施設として発展させたのは、この梅田丸百貨店であるという説もある。

実際、梅田壮吾が目指したのは子どもたちのためのデパートであった。そして時代は空前のベビーブームであったのである。

屋上遊園地や展望レストラン、おもちゃ売り場の拡大が、梅田丸百貨店に次から次へと中産階級となった客たちを呼び、独自の流通システムで仕入れた商品は売れに売れた。

ただ、その勢いが絶頂期を迎えたころ、壮吾も少し尊大になったのであろう、とある経済誌のインタビューで次のような談話を出してしまう。

「要するに、子どもという生きものは欲の塊でありますからね……」

こう始まるインタビューは次のように続く。

……男の子であれば、あのゲームが欲しい、あの電車に乗りたい、野球がやりたい。女の子であれば、あの洋服が欲しい、ピアノを弾きたい、苺《いちご》のケーキが食べたいってね。

とにかく子どもの欲ってものには際限がない。

そして、親というものはですね、厳しく育てるのが子どものためだなんて口では言いながらも、結局、我が子の欲を満たしてやることで自分たちの欲を満たしているところがありますでしょ。

「なんだか梅田社長のお話をうかがっていると、まるで『子どもは銭になる』。そうおっしゃっているように聞こえますが」

そうたしなめるインタビュアーを、このとき壮吾は笑い飛ばす。

「あはは。いやいや、そうは言ってませんがね。でも実際、私たちがそのおかげで儲《もう》かっているのはたしかですからね」と。

さて、この記事が出た当時、梅田丸百貨店はさらに商機を広げようと、学習塾やピアノ教室などへも事業を拡大していた。だが、この方針と壮吾のインタビューでの発言が相反した。

結果、梅田丸百貨店は世間から激しいバッシングを受ける。

あいにくこのときばかりは時代も味方にはなってくれなかったようで、というのもこの騒ぎの直後、いわゆるバブルが崩壊するのである。

バブル崩壊後、真っ先に不景気の煽《あお》りを受けたのが、実は地方の百貨店業界である。その後、現在まで続く地方の疲弊がこのときに始まったといって過言ではない。

梅田丸百貨店もまた、その凄《すさ》まじい地盤沈下から抜け出すことができなかった。

一九九〇年代から二〇〇〇年代にかけての失われた十年では、まるで老人の歯が抜けるかの如く、各地方都市の店舗が次々と閉店に追い込まれていく。

結果、二〇二〇年代となった今現在、「梅田丸百貨店」の称号でかろうじて営業を続けられているのは福岡天神の本店の一ヶ所のみであり、さらに、この本店でさえも「ニトリ」や「ユニクロ」といった巨大ブランド店への貸しビル業のような形態になっているのが実情である。

さて、私立探偵の遠刈田蘭平の元へ依頼にきたのは、この豪腕創業者、梅田壮吾の孫に当たる三代目の梅田豊大《とよひろ》という青年であった。

清潔感のある色男とはさっきも述べたが、
さらに遠刈田曰《いわ》く、
育ちの良さというものは隠しようがないのか、今年三十歳になるらしいその相貌《そうぼう》は健全そのもの、日に灼《や》けたその腕には、十八歳の誕生日にオークションで競り落としたというアンティークの腕時計があったらしいのだが、それさえも嫌味にならなかったというのだから見事なものである。

とはいえ、世間には「金持ち三代続かず、貧乏は七代続く」という不吉な言い伝えもある。

さて、この青年がそんな不吉な言い伝えを知っていたかどうかは別として、この三代目、なんと大学卒業後は家業を継がず、幼いころからの夢だったという小学校教諭となっているという。

さらに現在は公立小学校で二年生を受け持ち、課外クラブではバスケット部の顧問をしていると嬉々《きき》として語ったそうなのである。

「こんなに立派なお家柄のご長男が、事業を継がないなんて選択があるんですね」

さすがに遠刈田も驚いた。

だが、三代目はしれっとしたもので、

「私はまったく経営に興味がありませんしね。なにより子どもたちが大好きなんですよ。ああ、あと、私には二卵性の双子の妹がおりまして、名前を乃々華《ののか》というんですが、この妹が私なんかよりよっぽど事業経営の才がありましてね。本人もその手のものが好きみたいですし、ですから正真正銘の三代目は彼女なんです」

そして、そう屈託なく話す三代目から、このとき遠刈田蘭平が受けた依頼が次のようなものであったという。

1

なんでもここ最近、彼の祖父、壮吾の素行におかしなときがある。

米寿を迎える年なので、認知症も疑われるのだが、夜な夜なありもしない宝石を探し回るという奇行が見られるというのである。

現在、壮吾本人は、すでに一族のビジネスからも完全に身を引き、昔から所有していた九十九島に浮かぶプライベートアイランド「野良島《のら》」で、優雅に余生を過ごしているのであるが、
そんななか、

「あのぉ、旦那《だんな》様が、夜な夜な宝石をお探しなんですが……。なんでも『一万年愛す』という名前のついた宝石らしくて、ご存じないでしょうか……」

という困惑した住み込みの家政婦からの連絡が入ったそうなのである。

心配した豊大たち家族は、すぐに壮吾が余生を過ごす野良島へ向かった。

しかし、壮吾本人に尋ねてみても、そんな物を探したこともなければ、そもそもそんな宝石など知りもしないの一点張りである。

住み込みの家政婦たちが嘘をついているとも思えない。となれば、やはり年齢的には認知症が疑われた。

豊大たちはすぐに専門医を野良島に呼び寄せた。

物忘れテストであるとか、年齢的に受けておいた方が良いのだなどと言いくるめようとしてみたのだが、老いぼれ扱いされることに憤った壮吾は頑《かたく》なに検査を拒否。

結局、医者ともども豊大たち家族までも、その日のうちに野良島から追い出されてしまったというのである。

さて、その帰りのフライト中である。

「ああやって額に青筋を立てて僕らを追い返すところなんかは、いつものお祖父《じい》さんのままだけど、やっぱりガクッと老けたように感じましたね」

これが豊大の素直な感想であった。

……にしても、「一万年愛す」なんて。

お祖父さんにもロマンティックなところがあったんだなと思って、なんだか可笑《おか》しくなっちゃいましたよ。いやもし、そんな宝石が実際に存在して、そんな名前をつけていたとしたらですけど。

まあ、仕方のないことではあるが、これから徐々に認知症も進んでいくのであろう。まだまだ剛健そうには見えても、いつまで祖父をあの島に一人で置いておけるものだろうか。などと考えながら、豊大は気疲れした体をシートに埋《うず》めていた。

「……もちろん、お父さんも知らないんでしょ？　そんな宝石のことは」

豊大が改めてそう確認したときである。

隣の席で雑誌をめくっていた父、一雄《かずお》が、とつぜん次のような話を始める。

「いや、それがな」

……ふと思い出したことがあるんだよ。古い話になるんだが、と。

一雄の話は、一九七〇年代後半にまで遡《さかのぼ》った。

当時、一雄はまだ小学生である。

その一雄少年が、ある日、父の書斎に向かうと、室内で壮吾が誰かと電話をしていた。ドア越しではあったが、何かを決めようとしているようであった。その際、ときおり聞こえてきたのが、「一万年愛す」という言葉だったのだという。

電話が終わり、一雄少年は書斎へ入った。このとき、もう何の用で壮吾の書斎を訪ねたのかは覚えていないのだが、壮吾の机に「一万年愛す」と書かれたメモが置かれていたことを思い出したというのである。

「よくまあ、そんなことを何十年も覚えていたものですね」

と、つい遠刈田蘭平は豊大の話に口を挟んだ。

少し照れくさそうに笑った三代目が、

「ええ、実は私も同じように不思議に思ったものですから、父に尋ねてみたんですよ。そしたらね……」

と、その真相を教えてくれる。

このときの一雄の話によれば、当時彼はちょうど思春期を迎えていたという。

「猥語《わいご》か何かだと思ったんだよ」と一雄。

「え？　猥語？」と豊大。

「ほら、お前だって経験があるだろ。いやらしそうな言葉を辞書で調べてみたりして」

「ああ。そういうことですか」

と、豊大は呆《あき》れ果てたらしい。

「いやな、いつも堅物な親父が「愛」なんて言葉をメモに書きつけてるんだ。それも『一万年愛す』なんて」

一雄少年は、自室へ戻ると、すぐに辞書で調べたらしい。

ただ、あいにく手持ちの辞書にも百科事典にも「一万年愛す」などという言葉はなかったのだが、なぜかこの言葉だけは、何十年ものあいだ、一雄の頭の中に残っていたのである。

この辺りまでの事情を聞くと、遠刈田は改めて口を挟んだ。

「ちょっといいでしょうか」

……いや、あなた、豊大さんのお父様が、その名前を記憶していたにしろですよ、それが宝石の名前だったという確証はないわけですよね、と。

「ええ、それはそうなんです」

「ということはですよ」

……現実的にそんな宝石が存在しているのかどうかまだ分からない。

もっといえば、認知症が疑われてもおかしくないご高齢の方が、これまで誰も見たことも聞いたこともないものをとつぜん探し始めた。

そこで私にもそれを一緒に探してくれと？

さすがに遠刈田の言い分が正論である。

すると、依頼人である若き三代目が、「それが、実はですね……」と話を引き取ったというのである。

……もちろん遠刈田さんのところへうかがう前に、私自身でも調べられることはすべて調べてみたんです、と。

……幸い、会社関連のものは、祖父の壮吾が会長職を引退したときに、すべて父、一雄の名義になっておりますので調べるのも簡単でした。

もちろん会社関連とは別に、祖父個人の名義での隠し金庫などがないとも限らないのですが、こちらは付き合いの長い顧問弁護士に尋ねたところ、やはりそういった貸し金庫や隠し財産の類《たぐ》いのものはないと断言できるそうなんです。

「でも、顧問弁護士など口止めをしようと思えばいくらでもできるでしょう」

と、遠刈田は遮った。

「ええ。ですから正直に話しました。祖父に認知症の疑いがあるのだと」

その際、顧問弁護士の口から出たのがオークションの話だったそうである。

ちなみに梅田家には次のような伝統があるという。

一族の者が十八歳を迎えると、その祝いにサザビーズやクリスティーズなどのオークションで欲しいものを落札するというものである。

このとき若い三代目の腕に巻かれていたアンティーク時計も、まさにそのオークションでの戦利品であったのである。

さて、この顧問弁護士曰《いわ》く、

「まあ、万が一、梅田翁が私と知り合う前に、そのような宝石を手に入れていたとすれば、おそらく入手先はオークションでありましょう」

豊大はすぐに調査を開始した。

幸い、有名なオークション会社にはかなり古いものまで、そのコレクションの資料が保管されているのである。

「そうしたら見つかったんですよ。これが」

と言って、おそらく豊大が発見したときと同じような興奮した声で、持参したバッグの中から古いカタログを取り出したのである。

見るからに年代物のカタログだが、そのアールデコ調の造本は見事である。

「まあ、このページを見て下さい」

開かれたページを、遠刈田は覗《のぞ》き込んだ。

ちなみに造本も見事なら、写真印刷も精巧でまったく色落ちもない。

「ほう」

遠刈田は思わず息をもらしたという。

そこに写っていたのは、ルビーのペンダントであった。

精緻《せいち》なプラチナ細工で飾られた大きなルビーのペンダント。

その色はまるで血が滲《にじ》んでいるように濃い。

美しいというよりも、恐ろしさを感じるような宝石である。

「これが、その……」

と、遠刈田は指で写真に触れた。

「ちなみに、これは原本ではないのですが、一九四〇年にスイスのチューリッヒで催されたクリスティーズという会社のオークションカタログです。で、遠刈田さん、ここを読んでみて下さい」

豊大が、写真の下に掲載された説明文を指でなぞる。

こちらの至宝「一万年愛す」はアンナ・ボナパルト王女のコレクションの一つである。一九三〇年代からスイス銀行金庫に保管されていた。二十五・五九カラット

「二十五・五九カラットというと、どれくらいの大きさなんでしょうな」

遠刈田は自分の指を丸めて、その大きさを想像した。

「いやいや、そんなに小さくはありませんよ」

すぐに豊大が訂正する。

「きっと、これくらいと思います」

このとき、失礼します、と断って、豊大が指差したのは、遠刈田がおやつに食べようとテーブルに置いていたアーモンドチョコレートであった。

遠刈田は思わずチョコを手に取った。

ちょっと贅沢《ぜいたく》をして買ったベルギーチョコなので、気のせいかずっしりと重い。

「まあ、ここまで大きいかどうかは分かりませんけど、イメージとしてはこれくらいだと思います」

豊大も、遠刈田の手のひらのチョコを奪いとり、いろんな角度から眺めはじめる。

「ちなみに、このときオークションで競り勝って、この『一万年愛す』というルビーを手にしたのは、とあるロシア人らしいんです」

……もちろん、今と違って完全非公開ですので、その正体は不明。

ただ、落札価格だけは残っていて、当時の日本円にして百五十万円ほどでした。

豊大がチョコを丁寧に皿に戻す。

「当時の百五十万円ということは、今の価値にすると……」

遠刈田はたずねた。

「まあ、物価や為替《かわせ》変動なんか、いろんな見方はあると思いますが、ざっと見積もっても、現在では三十五、六億といったところでしょうか」

「三十五、六億……」

遠刈田はまたチョコに伸びそうになった手を引っ込めた。

「そこで、遠刈田さんに早速お願いがあるんです」

豊大がチョコの皿をテーブルの端に避《よ》け、前金が入っているらしい分厚い封筒を置く。

……今度、九十九島にある野良島で、祖父の米寿の祝いがあるんです。

そこに私たちと一緒に来ていただけないでしょうか。

遠刈田は改めてカタログを手にした。

「一万年愛す」と名付けられた美しきルビー。

いや、やはり美しいというよりも、恐ろしさを感じさせる宝石である。

2

さて、ここはその九十九島の上空三千メートルである。

長崎空港を時刻通りに飛び立ったヘリコプターは順調に航路を進み、夏日に輝く海に点在する緑の群島を眼下に収めている。

「見事なもんだな」

先ほどからこの絶景に嘆息をもらしているのが坂巻丈一郎《さかまきじょういちろう》という老齢の男である。

「坂巻警部は、九十九島は初めてでありますか？　日本の西の端ということもあるんでしょうか。今時分から日没までのあいだがやはり一番きれいでありますから」

元部下であった操縦士の声がヘッドフォンに届き、坂巻はガラス窓に押しつけていた額を離した。

「おい、だから、その『警部』はもう勘弁してくれよ」

「あ、そうでありました。申し訳ありません」

さて、紹介が遅れたが、この坂巻丈一郎もまた、この物語には欠かせぬ登場人物の一人である。

ちなみに元部下に「警部」などと呼ばれて照れるのも当然で、彼はすでに十五年も前に公職を定年で退いている。

現在は隠居の身であるが、数年前までは転職した中堅警備会社で、後進の指導に厳しく当たっていたこともあり、その体や顔つきはまだまだ精悍《せいかん》そのものである。

同乗する操縦士は、彼がまだ新米刑事だったころから、この坂巻がよく面倒をみていた男で、仕事の相談はもちろん、不器用で奥手な彼のために嫁さんを世話してやったのも坂巻なら、退職後、彼をこの小さな航空会社に口利きしてやったのもまた坂巻である。

「貴子《たかこ》さんは元気にしてるのか？」

坂巻は元部下の妻を気遣った。

「はい。お陰様で元気にしております」

「……娘夫婦が大阪に転勤になりまして、孫の世話ができなくなったのが少し寂《さみ》しいみたいですが、最近また介護のパートに出るようになりましたもので、なんだかんだ愚痴をこぼしながらも楽しそうに毎日やっております。

「盆暮れにいつも珍しい食べ物を贈ってくれるから、うちの女房も喜んでるよ。今回、ちょっと挨《あい》拶《さつ》できればよかったんだけど申し訳ない」

坂巻は謝った。

「いいえ、そう言っていただけるだけで女房も喜びます。本人が食い道楽なものですから、休みの日なんかに、二人であちこちバス旅行をしておりまして、その先々で旨《うま》いものを見つけるのが楽しみなんです」

見合いをセッティングしたときには、明るく人好きのするこの女性に、きっと我が部下はあっさりと振られるだろうと坂巻は思ったものである。

だが、こうやって定年退職した後に、二人でバス旅行を楽しんでいるというのだから男女の相性というのは分からないものである。

「坂巻警部、あれが、梅田翁の島『野良島』であります」

また「警部」と呼んだ元部下をたしなめようとしたが、それよりもふいに眼下に現れた美しい島に坂巻は目を奪われた。

思っていたよりも大きな島である。

話には聞いていたが、実際、上空から見るとタツノオトシゴのように見える。

「ヘンな形だなあ」

思わずつぶやいた坂巻に、

「リアス式の地形でありますから、この辺の島はどれもヘンな形をしたものばっかりです」

と、元部下が律儀に答える。

そのタツノオトシゴの尻尾《しっぽ》の辺りにヘリポートがある。

Hと書かれたペンキがひどく剝《は》がれ、周囲にも雑草が生い茂っているところを見ると、あまり使われていないらしい。

「この辺に島を所有している金持ちたちは、自家用の高速船を使うんですよ」

そう口にしたのは、ヘリポートに同じ印象を持ったらしい元部下である。

さらにヘリが野良島に接近すると、島の中央部にある屋敷が見えてきた。

森にとけこむようなモダンなデザインで、ヘリポート周辺とは違い、こちらは手入れが完璧《かんぺき》に行き届いている。

「あの梅田翁、まさかこの島で一人暮らしをしているんですか？」

着陸態勢に入った元部下が、操縦桿《そうじゅうかん》を握り直す。

「一人は一人らしいが、住み込みの家政婦さんや通いの看護師さん、島には男手もあるらしいよ。まあ、本人はまだピンピンしてるしな」

「米寿のお祝いってことは、あの梅田翁も、もう八十八歳ですか。……警部と会うのはどれくらいぶりになるんですか？」

「だから……」

また「警部」と呼んだことをたしなめようとしたが、さすがに坂巻も面倒になる。

「梅田翁と会うのは、二年ぶりだな。ただ、毎年必ず連絡だけはあるんだ」

「例の事件が起こった時期にでありますか？」

「ああ、そうだ。いつも決まって楽しげな口調で、こう言ってくるんだよ。『坂巻警部、さて、何か新たな証拠は見つかりましたかな？』ってな」

坂巻は梅田翁の声色を真似た。

「あの事件から、もう何年になりますか？」

「四十五年。……四十五年だよ」

坂巻は繰り返した。

「坂巻警部にとっては特別な事件だったんでしょうが、まさか、まだ梅田のじいさんを挙げようなんて思ってるわけじゃないですよね？」

着陸態勢に入りながらなので、元部下の声も少し高くなってくる。

「まさか」

坂巻は笑い飛ばした。

「世間を賑《にぎ》わした失踪《しっそう》事件の容疑者と当時の担当刑事。それが今では友達みたいになっている。改めて考えても不思議な関係でありますね」

元部下がさらに高度を下げる。

「前にも話したかもしれないが、俺が定年退職した日に梅田翁からお祝いが届いたんだよ」

坂巻は当時を思い出しながら独りごちた。

……立派な古伊万里《こいまり》の皿だったよ。迷宮入りした事件の容疑者からの定年退職祝いの贈り物。まあ、腹も立ったが、感慨深くもあった。ああ、これで俺の刑事人生も本当に終わりなんだな、ってな。

俺が思うに、おそらく梅田翁は梅田翁で、自身が世間を騒がせた事件の容疑者になったことがよほど珍しい経験だったこともあるんだろう。

祝いのお礼に手紙を出すと、「坂巻警部、今度、旨いものでも食べながら、昔話でもどうですか?」なんて誘われたんだよ。以来なんとなく付き合いが続いているわけだ。

二人を結びつけた事件というのは、一九七〇年代半ばに起きたもので、当時「多摩《たま》ニュータウン主婦失踪事件」と呼ばれ、センセーショナルに報じられた。

少し過剰気味にセンセーショナルな報道となったのにはいくつか理由がある。

まず一つは、当時の多摩ニュータウンという場所が、いわゆる高度成長期の日本の勢いを象徴するような光輝く場所だったことである。

そしてその光輝くニュータウンで暮らしていた幸せそうな一人の主婦がとつぜん姿を消したのだ。

当時のジャーナリズムはこの光と影のコントラストにまず飛びついた。そして取材報道は過熱した。

そんななか、ある一つの噂が広まった。

失踪した主婦が、以前、吉原《よしわら》の遊郭に身を置いていた元娼婦《しょうふ》だったことが分かったのだ。

当然、報道はさらに熱を帯びる。捜査線上に、梅田翁こと梅田壮吾の名前が浮かんできたのがちょうどそのころである。

主婦が消息を絶つ前、彼女と梅田壮吾が会っていたという目撃証言が出てきたのだ。

当時の梅田壮吾といえば、すでに名のある若き実業家の一人であった。

福岡天神の「梅田丸百貨店」の創業者としてその名も全国に知られていたし、好景気の波に乗り、天神本店だけでなく、九州の地方都市に次々と店舗を拡大している最中でもあった。

そんな若き実業家が、世間を賑わす主婦失踪事件の容疑者となったのである。

報道はさらに過熱する、かと思われた。

しかしその火はすぐに消されてしまう。

梅田壮吾が報復措置として法的手続きをとったのである。

不名誉な記事を雑誌や新聞に掲載した複数の新聞社や出版社を相手どり、名誉毀損《きそん》の裁判を起こしたのだ。

一方、このころ、坂巻たち捜査陣も完全な手詰まり状態に陥っていた。

まずこの主婦と梅田壮吾が、いくら調べても繋《つな》がらないのである。

逆に、二人の素性を調べれば調べるほどに面識がないことが明らかとなっていく。

さらには二度の目撃情報のうちの一つについて、梅田壮吾本人が九州にいたという完全なアリバイもあった。

気がつけば、過熱を極めていた報道も驚くほどの速さで収束していた。

とにかく慌ただしく賑やかな時代だった。

世間の関心は次から次に生まれる新たな事件へ向かった。光輝くような多摩ニュータウンで幸せな生活を送っていた主婦が一人消えたことを、世間が忘れてしまうのにそう時間はかからなかったのである。


坂巻を乗せたヘリは、さらに野良島に接近していた。岩礁で波が激しく割れている。

「梅田翁のご家族は？」

ヘッドフォンに元部下の声が戻る。

「みんな東京で暮らしてるよ」

坂巻は答えた。

……でも、今回のお祝いにはみんな集まってくるらしい、と。

「しかし、こんなプライベートアイランドで使用人たちにかしずかれて余生を送るなんて、夢みたいな人生でありますね。２ＬＤＫの公団住まいの私なんかには、まったくもって想像もつかない世界ですよ」

いよいよ着陸するらしく、元部下が合図を送ってくる。

坂巻は親指を立てて応えた。

プロペラの風圧でヘリポートに茂る草木が大きく揺れている。色鮮やかな小鳥たちが慌てて飛び立っていく。

ヘリポートから少し離れた場所に立つ梅田翁の姿を、坂巻が認めたのはそのときである。杖《つえ》こそついているが、立派な体格は以前と変わらない。

プロペラの風圧に足元をふらつかせることもなく仁王立ちし、その長い白髪を乱す姿は、まさに古刹《こさつ》の山門を守る仁王像のようである。

彼の背後に付き添いの若い男性看護師も立っているのだが、どちらかといえば彼の方が慣れぬプロペラの風圧によたよたしている。

ヘリが着陸すると、坂巻は自らドアを開けた。

「では、またお迎えに参ります」

元部下の言葉にうなずくと、なるべく身軽に見えるようにステップから飛び降りる。

降りた途端、濃い潮の匂いがした。

坂巻はプロペラの風圧に耐えながら、小走りにヘリを離れた。

身をかがめながら会釈を送ると、梅田翁が片手を上げて応える。

遠くから見ても武骨な手である。そしてまた、日灼《ひや》けした顔も剛健そのもの、長い白髪はまだフサフサしており、白髪三千丈とはほど遠い。

梅田翁よりひと回りも若いはずの坂巻でさえ、横に立てばくたびれて見えるかもしれない。

背後でヘリが飛び立っていく。

坂巻が高度を上げるヘリを見送った。

そしてヘリの音が遠ざかると、改めて梅田翁に目を向けた。

「ご無沙汰《ぶさた》しております」

「坂巻警部、遠いところ、よくきて下さった」

と、梅田翁が手を差し伸べてくる。

「ですから、その『警部』はもう勘弁して下さい」

そう照れながら、差し出された梅田翁の手を坂巻は握った。

肉厚の、苦労した男の手である。

「まあ、堅苦しい挨拶はなしにしましょう。見ての通り、何にもない島ですが、釣りなら、島の桟橋からでも、船釣りでも、やりたい放題ですから。好きなだけのんびりしていって下さい」

「ええ、そのつもりでやってまいりました」

二人は強く握り合っていた手をようやく離した。

ヘリが夏雲のなかへ飛びこんでいく。

「坂巻警部」

ふいに梅田翁の声色が変わり、坂巻は空から視線を戻した。

「……さて、何か新たな証拠は見つかりましたかな?」

夏空を見上げたまま、梅田翁が楽しげに問いかけてくる。

3

ヘリポートで、梅田翁が坂巻元警部を出迎えているちょうど同じ時刻、島の反対側にある桟橋には一台の高速ボートが着岸していた。

乗ってきたのは、梅田翁の孫である梅田豊大と遠刈田蘭平である。

船酔いした遠刈田は桟橋に降り立つと、思い切り島の空気を吸い込んだ。少し気分が楽になる。

「そういえば、野良島というのは、元々の名前だったんですか？」

遠刈田は背伸びをしながらたずねた。

……こういう無人島を買うと、自分で島に名前をつけたりするそうじゃないですか。でも、野良島だと、そういう感じもありませんし。

遠刈田は島を見渡した。

「いや、これでも祖父が名付けた名前なんですよ」

「野良と？」

「なんでも子どものころに飼っていた猫がいて、その子の名前がノラだったそうで。でも、この島を買ったのがもう五十年近くも前のことで、当時は島名にカタカナを使うことができなかったらしくて、それでそのまま『野良』だったそうです」

「ああ、そうでしたか」

二人を乗せた高速ボートが着岸したのは、きちんと護岸工事された桟橋である。

航行中、時間を持て余した遠刈田が、土地の者らしい船長に尋ねたところによれば、

「この辺の島にあるのは、ほとんどが浮き桟橋なんですけどね。この野良島は梅田翁がお金をかけて護岸工事をしてるんですよ」

……まあ、さすがに台風や嵐の日は無理ですけど、多少の高波程度であれば、私くらいの腕のある船長なら着岸も可能ですよ。

ただ、まあ、今度の台風は大きいみたいですから、あれがこっちに向かってくると、ちょっと船をつけるのは無理でしょうけど、まあ、幸い、今度の台風は台湾の方に進路もズレましたから、お帰りのときも大丈夫ですよ。

とのことであった。

さらに船長はこんな話もしてくれた。

「この野良島はねえ、断崖《だんがい》ばかりの九十九島群島には珍しくねえ」

……西側が小さな砂浜のある入江になってるんですよ。

だからまあ、ああいった立派な桟橋が造れたんでしょうね、と。

遠刈田が、事前にGoogleマップで調べたところ、さほど大きな島ではなさそうだったが、こうやって実際に来てみると、入江の桟橋の周囲は鬱蒼《うっそう》とした森そのもので、その原生林の木一本一本の太さにまず目を奪われる。

金持ちが所有するプライベートアイランドとはいえ、太古からの歴史を持つ原始の島なのである。

船酔いを覚ますように桟橋で遠刈田が背伸びをしていると、その原生林から一人の男がぬっと現れた。

あとで分かることなのだが、この男、島の管理を任されている三上譲治《みかみじょうじ》という人物で、髪も髭《ひげ》も伸ばし放題の野性味あふれるその姿は、ちょっとしたターザン然としており、まるでこの野良島から一度も出たことがないようにさえ見えた。

現れた三上は、慣れた様子で高速ボートに飛び移ると、遠刈田と豊大の荷物を手際よく桟橋に運び出してしまう。

一応、遠刈田は島の客人であり、さらに豊大に関していえば、自分の雇い主の孫ということになるのだが、そのどちらに対しても愛想一つ言うわけでもない。

逆に、桟橋に突っ立っている二人が邪魔とばかりに顔を顰《しか》め、二人の荷物を両肩にひょいと担ぐとそのまま屋敷の方へ歩いていく。

「ああ、すいません。紹介すればよかったですね」

と、ふと気づいたように言ったのは豊大である。

遠刈田が三上の背中を目で追っていたのに気づいたらしい。

……今の人が、三上譲治さんです。庭仕事から電気工事まで、まあ、この島の男手ですね。

そう紹介した豊大も、すでに三上の無愛想には慣れているのか、遠刈田の横で同じように島の空気を胸いっぱいに吸い込む。

さて、梅田壮吾が現在優雅な隠居暮らしをしている屋敷は、この野良島の中央部にある。

入江の桟橋からは遊歩道が延びており、手入れの行き届いた花壇を通った先が屋敷の中庭である。中庭には噴水があるのだが、決して悪趣味なものではなく、ちょっとした苔庭《こけにわ》を思わせるような、なんとも落ち着いた風情である。屋敷へはこの中庭から出入りする仕組みになっている。

要するに玄関というものがないのである。

屋敷自体は二階建てのモダンでシンプルな外観で、現代風なコロニアル様式とでも呼べばいいのか、二階は風通しの良さそうな広いバルコニーが中庭をぐるりと取り囲んでいる。

「遠刈田さん、お疲れになったでしょう」

屋敷を眺める遠刈田に、豊大が声をかけてくる。

……夕食までのんびりなさってて下さい。家族の者たちはそのときにでも紹介しますので。

あ、そうだ。

そこでふと思い出したように豊大が足を止める。

……先日もお話ししたんですが、今夜の夕食会、ドレスコードがありまして、白いものを何か一つ着けていただければと。もちろん全身真っ白でもかまいませんし、逆に白いネッカチーフだけでもかまわないと思いますので。

「ええ。承知してます」

と、遠刈田はうなずいた。

……白いサマージャケットを持ってきましたので、それで大丈夫かと思っているんですが。

「ええ、完璧《かんぺき》です」

「ところで豊大さんのお祖父《じい》様は、いつもこういった趣向でお祝いを楽しまれるんでしょうか?」

「いえ、初めてなんですよ。祖父がドレスコードなんて言い出したの」

……元々、そういうスノッブなお遊びみたいなものが大嫌いな人なんですけど、今回に限っては
なぜか。

だから、家族皆で首を傾げてるんです。でもまあ、単なる思いつきなんでしょ。

そう笑い飛ばしながら、豊大が中庭から屋敷に入る。

遠刈田もそのあとに続けば、そこは立派な大理石張りのホールで、二階へ向かう階段はまるで豪華客船の大階段のようである。

その二階へ豊大が向かおうとする。

大階段の壁に家族の肖像画が飾ってある。

「見事な絵ですね」

思わず遠刈田は絵の前で立ち止まった。

「ありがとうございます。ちなみに祖父の膝《ひざ》に座ってる男の子が僕ですよ」

「幸せを絵に描いたような、とはこういう絵のことなんでしょうね」

「まあ、僕らが不幸せだなんて言ったら、きっと贅沢《ぜいたく》だって叱られるでしょうね」

その後、遠刈田が案内されたのは、中庭に臨む二階の客室であった。

シンプルな内装ながら、清潔なリネン類や洗面台のアメニティなどは五つ星ホテルレベルである。

案内してくれた豊大が部屋を出て行こうとして、ふと足を止める。

「あ、そうだ。もしお疲れじゃなければ、先に島の中を少しご案内しましょうか?」

「いや、ちょっと船酔いしたみたいなので、少し横になっておきます」

「そうですか。分かりました」

豊大も無理強いするつもりはないらしく、あっさりと引き下がる。

「……もし何か欲しいものがあれば、一階に清子《きよこ》さんという家政婦さんがいますので、なんでもおっしゃって下さい」

……ちなみに僕の部屋は廊下を出て右側の突き当たりです。しばらく部屋にいると思いますが、もしいなければ携帯にかけてもらえれば。

「ご親切にありがとう」

「では、ごゆっくり」

豊大が出ていくと、遠刈田は窓の外を眺めた。まだ日は高く、海原は眩《まばゆ》い。近隣の島々も見渡せる美しい九十九島の眺めである。

少し船酔いしていたせいもあるのだろう。シャワーで汗を流した遠刈田は、十五分ほどのつもりでベッドに寝転んだのだが、階下から聞こえる賑《にぎ》やかな笑い声に目が覚めたとき、すでに窓の外は燃えるような夕映えとなっていた。

慌てて白いサマージャケットを羽織り、遠刈田は部屋を出た。

大階段を一階へ降りていこうとすると、豊大が駆け上がってくる。

彼もまた白いジャケットで、そのポケットには律儀に白いネッカチーフまで差している。

「ああ、良かった。ちょうど今、お迎えにあがるところでした」

「すいません。少し眠ってしまって」

「長旅でお疲れなんでしょう。大丈夫ですか」

「すいません、ちょっと横になるつもりが寝入ってしまったようで」

……しかし、旅というのは不思議なもので、東京からここまで、飛行機と高速ボートで三時間もかからなかったはずなのに、なんと言いますか、ちゃんと移動した距離分だけ疲れが出るもんなんでしょうね。

大理石張りのホールの先が、メインダイニングになっていた。

その両開きのドアは開放されている。ダイニングには白いテーブルクロスも眩い長テーブルが置かれ、百合《ゆり》の花が上品に飾られた花瓶が並んでいる。

すでに今夜の客たちも揃っているようである。

豊大に背中を押され、遠刈田はダイニングに足を踏み入れた。

「遠刈田さんがお見えです」

豊大の声に客たちの視線が集まる。

「ご紹介しますね。まず、こちらが、僕の両親と妹です」

豊大の紹介に、少しわざとらしいくらいに恭しく立ち上がったのは父の一雄で、

「ようこそいらっしゃいました。とおがったでしょ?」

と、一人で笑い出す。

どうやらダジャレ好きな男らしく、その目尻《めじり》に刻まれた深い笑い皺《じわ》が彼の人柄を伝えてくる。

彼が着ているのは白いタキシードで、こちらはこういうパーティーの趣向が嫌いではないと見える。

その横で夫のダジャレに呆《あき》れているのが豊大の母、葉子《ようこ》なのだが、こちらは大胆に肩を出した白

いイブニングドレス姿である。

「いらっしゃい。遠刈田さん。遠いところ、ありがとうございます」

「いえ、こちらこそ、お会いできて光栄です」

ちなみに、この梅田葉子、八〇年代にエアラインのキャンペーンガールとしてデビューしてドラマやバラエティ番組に引っ張りだこだった元タレントであり、その白いイブニングドレスが似合うのも当然である。

ただ、その人気絶頂のころに、知人の紹介で知り合った一雄との結婚が決まると、あっさりと引退して以来、一切芸能界との縁を切っているところを見ると、元々はそう目立ちたがり屋でもないのかもしれない。

彼女の隣にいたのが、豊大の妹、乃々華である。

豊大曰《いわ》く、正真正銘の梅田一族三代目である。

こちらは仕立ての良い白シャツという簡素な装いながら、その生地や仕立ての良さ、さらに少しだけ開いた胸元からは、気品とも知性とも色気とも才覚とも、とにかく曰く言い難いものがあふれ出ている。

長男である豊大が安心して、一族の事業を彼女に任せてしまうのも納得できる。

「初めまして、乃々華です」

「初めまして。お会いできて光栄です」

これで梅田家が揃ったことになるのだが、それぞれが遠刈田を迎えるその微笑みからは、心からの歓迎があふれている。

——育ちの良さというものは隠しようがなく、その相貌《そうぼう》は健全そのものである。

これが豊大に対する遠刈田の第一印象であったが、なるほど、こんな家族のなかで生まれ育てば、さもありなんと思わせる人たちなのである。

「そして」

遠刈田がそれぞれの家族に挨拶《あいさつ》を済ませると、豊大が奥に座る老紳士に手を差し伸べる。

「……あちらにいらっしゃるのが、祖父のご友人の坂巻さんです」

立ち上がったのは、白髪を角刈りにした眼光鋭い男である。

「坂巻さん、こちらが先ほどお話しした遠刈田さんです」

豊大の紹介に、坂巻が一礼する。

「初めまして坂巻丈一郎です。梅田翁とは、もう長い付き合いでして。今回は私もお祝いにお呼ばれしております」

元警部とは聞いていたが、なんとも美しい所作である。まるで伊勢《いせ》神宮にでも参拝するような、それは見事な立ち居振る舞いで、長年、矜持《きょうじ》を持って官職に就いていたことがそれだけで伝わってくる。

ちなみにこちらはグレーのジャケットに白いハンカチを差しているだけだが、遠刈田の視線にすぐに気づいたらしく、

「まあ、私は、この白髪頭がドレスコードの白ということで」

などと、その頭をガシガシと掻《か》く。

「初めまして。私は遠刈田蘭平と申します」

遠刈田もまた深々とお辞儀した。

以上六名が、今回、梅田翁こと梅田壮吾の米寿祝いに招かれた者たちである。

さて、一通りの挨拶を済ませた遠刈田が自席に着いたときである。

とつぜん野太い男の笑い声が響いたかと思うと、いつの間にか、参加者たちの背後に今夜の主役、壮吾が仁王立ちしていたのである。

驚いて振り返った遠刈田の眼前に、その仁王が立っている。

年相応に頰の肉は落ちてはいるが、かつて立派な体軀《たいく》だった面影はあちこちに残っており、日灼《ひや》けした顔に伸びた長い白髪は、圧倒されるほどの貫禄《かんろく》がある。

さらに光沢のある白いガウンを羽織っていることもあり、一種異様な雰囲気である。

その姿をあえて譬《たと》えるとするならば、幾度の戦火や災禍を生き抜いて尚《なお》、生命力豊かな老木……。

これが遠刈田の第一印象であった。

自身の登場にまだ呆気《あっけ》にとられている客たちを、その鋭い眼光でぐるりと見回した梅田翁が、

「ああ、愉快だ。実に愉快」

と、また呵々《かか》大笑する。

……いやいや、まさかこんなに愉快な米寿祝いになるとは思ってもいなかったよ。

年寄りの祝いなんてものは、悲しみだけ行く手にはあり、喜びはすべて背後に去ったことを思い知らせる場でしかないと言うじゃないか。

いや、それがこれはどうだ。

こんなに愉快な祝いになるとは誰が想像できる?

大仰な身振り手振りで演説をぶつ壮吾の姿は、まさに舞台俳優、それも英国女王から叙勲でも受けた舞台俳優のようである。

呆気にとられたままの遠刈田をよそに、このような梅田翁の振る舞いには慣れたものなのか、

「まあ、お義父《とう》さん、とにかく席にお着きになって下さいよ。そんなところで、愉快だ、愉快だなんておっしゃってなくて」

と、葉子が声をかけたのだが、

「いやいや、葉子さん、これを愉快と呼ばず、なんと呼ぼうか」

と、梅田翁はさらに声を張り、

……いいかい。今日ここに集まっているのは金持ちの一族だぞ。

まあ、正確にはそろそろ没落してしまいそうな金持ちの一族ではあるがね。

梅田翁が、さほど悲愴《ひそう》感もなくそう言い放ちながら、一雄や葉子、そして豊大や乃々華たちの肩に、その分厚い手のひらを乗せながら自席へと向かう。

なんとも芝居じみた動きなのだが、その一挙手一投足についつい見入ってしまうのは、やはり主演俳優たる梅田翁にそれだけの迫力と貫禄があるからなのである。

「……その上だ。今日は家族以外のお客さまも多彩じゃないか」

そう言って、梅田翁がまず手を差し伸べたのが坂巻元警部である。

「こちらには私の長年の朋友《ほうゆう》……、と申し上げて差し支《つか》えないでしょうね？　……坂巻警部がいらっしゃる」

梅田翁に紹介された坂巻が、

「ですから、その『警部』はもうやめて下さいと頼んでいるじゃありませんか」

と、照れ笑いする。

「では、元警部と呼ばせていただこう」

……なにせ、私にとって、あなたはいつまでも私を追いかけてくる敏腕警部さんなんですから。

「追いかけるなんて、もう何年前の話ですか……」

懐かしそうに笑う坂巻元警部から、梅田翁の視線がすっと遠刈田の方に向けられたのはそのときである。

「……そしてだ」

……豊大が今夜お連れしたのは、なんと私立探偵さんだというじゃないか。

ここまでまた梅田翁が、

「ああ、愉快。愉快愉快」

と、さも嬉《うれ》しそうに高笑いする。

「お父さん、愉快、愉快って、何がそんなに愉快なんですか？」

さすがに梅田翁の芝居がかった態度が少し度が過ぎると思ったのか、ここで一雄が口を挟んだのだが、

「お前も呑気《のんき》なやつだなぁ」

と、すぐにたしなめると、

「いいか、ちょっと考えてみろ。今、私たちがいるのは絶海の孤島なんだぞ」

と、さらに梅田翁の口調が芝居がかってくる。

「お祖父ちゃん、絶海の孤島だなんて、ちょっと大袈裟《おおげさ》よ。だって、高速ボートで空港や対岸の町までですぐなんだから」

ここで話の腰を折ったのは乃々華である。梅田翁も家業を継ぐ三代目の孫娘には弱いのか、

「まあ、そりゃそうだ」

と、素直に認めはするのだが、

……でもな、乃々華、孤島は孤島だぞ。

そしてだ。そこに集まっているのが金持ちの一族であることには間違いない。

そして、さらに招かれているのが元警部さんと探偵さんときている。

次の瞬間、梅田翁の視線がふいに遠刈田に向けられた。

「……ねえ、遠刈田さん」

……こんな状況で、殺人事件が起こらないなんてことがありますか？　と。

どこまで本気なのか、とつぜん話をふられた遠刈田は面食らった。

当然である。殺人事件が起こる雰囲気など微塵《みじん》もなければ、そもそも彼が依頼されているのは宝石探しであり、殺人事件などという物騒なものではない。

「まあ、私がもし、ポアロや金田一耕助《きんだいちこうすけ》ならば、そういうことも起こるのかもしれませんが、残念ながら、当方、同じ探偵とはいえ、そういった有名どころとはまったく縁のない者でして……」

こんな受け答えをした遠刈田を、どうやら梅田翁は気に入ったようだった。

「遠刈田というのは、珍しいお名前ですね？　宮城県の遠刈田温泉は知っておりますが、どの辺りにゆかりのあるお名前かな」

「ええ、私も以前、この苗字《みょうじ》の由来について調べたことがあるのですが……」

さて、この遠刈田という珍しい苗字についてだが、宮城県蔵王《ざおう》に遠刈田という地名の温泉地があるにはあるが地縁はなく、縁者もいない。

ちなみに、これが刈田《かりた》という苗字であれば、岩手や宮城など米どころでわりと見られる。

しかし肝心の遠刈田となると、これまでに家族以外で同じ苗字の者に出会ったことがない。

蔵王の遠刈田温泉は三大こけし発祥の地の一つであるが、遠刈田系と呼ばれるこのこけしは、頭頂に赤い放射状を描き、額から頬にかけてハの字の飾りがあって、胴は菊や梅の花模様となる。

実は、もしかするとこのこけし由来で「遠刈田」という姓にたどり着かないものかと調べてみたこともある。だが、探偵のわりに探究心と根気がなく、今のところ関連は見つけられていない。

遠刈田のそんな長話を、梅田翁はもちろん、そこにいた皆が関心を持って聴いてくれた。

ただ、最終的にオチがないことが分かった途端、なんともいえない徒労感がその場に流れる。

「……ああ、申し訳ありません。つまらない話を長々と」

遠刈田は慌てて謝った。

「いやいや、面白い話でしたよ。というか、あなたはマイペースな方なんですな」

梅田翁がすぐに助け舟を出してくれる。

「それにしても、苗字というのは不思議なものですな」

……生まれたときには血肉と同じように自分に引っついている。

遠刈田さんは遠刈田さん以外ではないし、この梅田壮吾は、やはり梅田壮吾でしかない。

この辺りで一連の会話もお開きとなり、食事が始まるのかと思われた。

しかし、よほどこの夜の状況が気に入ったらしい梅田翁が、改めて話を殺人事件に戻してしまう。

「まあ、ポアロや金田一ではないにしろ、それでもあなたは立派な探偵さんだ」

……とするとですよ、遠刈田さん。

やはり、この状況で殺害されるとなると、私となりますでしょうな、と。

「ちょっと待ってくださいよ。なんで、お父さんが殺されるんですか。バカらしい」

呆れたように口を挟んだのは一雄である。

「なんで私が殺されるか？」

……そんなのは、ちょっと考えてみれば、すぐに分かるだろ？　考えてみろ。

梅田翁が自身の悪ノリに一雄まで巻き込もうとする。

「いや、分かりませんよ。まったく」

「いいか、ここに座っているのは、老いさき短い資産家の老人だ。犯人は、この私の遺産を狙う家族の誰かだよ」

さらに梅田翁が興に乗ってくる。

「くだらない」

いよいよ呆れたらしい一雄が、そばで給仕のスタートを待っている家政婦に、

「清子さん、もう始めて下さい」

と、笑顔で合図を送る。

そして、一雄自らも立ち上がると、クーラーから出したシャンパンの栓に手を添え、

「……いいですか、お父さん、だって考えてみて下さいよ」

と、自説を唱え始める。

……たとえば、うちに相続人が多くて、複雑な関係ならば遺産争いも起こるでしょうよ。ですが、幸いなことに、ここには仲のいい家族が一組いるだけ。

どこをどういう風に捻《ね》じ曲げて考えれば、殺人事件なんかが起こるんですか。

それともまさか、今になって、「実はわしには隠し子がおってな……」なんて、衝撃の告白が飛び出してくるわけじゃないでしょうね。この米寿のお祝いに。

そのタイミングで、景気良くシャンパンの栓が抜けた。ポーンという気持ちの良い音が広いダイニングに響く。

この一雄という男、ホスピタリティに富んだ人間らしく、シャンパンを皆のグラスに注いで回る。

「まあ、残念ながら、隠し子なんて話は出てこないな。でも、筋書きはそれだけとも限らないじゃないか」

シャンパンをグラスに受けた梅田翁が、いよいよその体をテーブルに乗り出している。そして、この辺りで遠刈田もなんとなく気がついたのである。

ああ、これがこの梅田家のいつものリズムなのだろう、と。

初めての人間にはまるで大仰な舞台劇でも見せられているようだが、これがこの梅田家のコミュニケーションの取り方であり、とすれば、おそらくこれが初めてではなく、この雰囲気にまったく動じていない家政婦の清子や坂巻元警部にも合点がいく。

「……じゃあ、こういう筋書きはどうだ?」

何か思いついたらしい梅田翁が、また大きな声を上げたのは、そろそろ一雄が最後に自分のグラスにシャンパンを注ぎ終えようとしたときである。

……いいか。たとえば、こうだ。

ここにいらっしゃる坂巻警部が、四十五年前に起きた事件の真犯人が、実は私だったという証拠をいよいよ摑《つか》んだという筋書きだ。

「だって、お父さんは疑われたけど、早々に無罪放免になったんでしょ」

と一雄が笑う。

「ええ。まったくその通りです」と、坂巻も一雄を援護する。

「いや、実際はそうだったが、実は真犯人はやはり私で、この坂巻警部がいよいよ、その証拠を摑んだんだよ」

……そして、坂巻警部がそれをネタにこの私を強請《ゆす》ろうとする。

きっと、お前たちのことだ。この私を守ろうとするだろうな。

まあ、ここは大のお祖父ちゃんっ子である乃々華辺りが、私や梅田家の尊厳を守らなければならなんて使命感にかられて、坂巻警部の胸をグサリだよ。

結果、坂巻警部はこの孤島で無念の絶命。さあ、あとは一家総出で警部の遺体を隠して、完全犯罪に見せかけるためのアリバイ工作だ。

「あらあら、さっきまではお義父さんが殺されるって話だったじゃありませんか」

少し残念そうに口を挟んだのは葉子である。

……それが、いつの間にか、坂巻さんが殺されちゃって。

少しがっかりしているところを見ると、この葉子という女性、この手の話が嫌いではないらしく、わりと真剣に梅田翁の話を聴いていたとみえる。

「あーあ、お父さんの話も、いよいよバカらしくなってきましたね」

一雄が会話を締めくくるように言い、

……だとしたら、坂巻さんが無駄な罪を犯す前にお伝えしとかなきゃなりませんね。

……さっき、父が言った通りなんですよ。

ここにいるのは、そろそろ没落しそうな金持ちの一族。

ですから、いくら強請られたって、こぼれ落ちてくるのは、これから前菜で出てくるキャビアくらいなものですよ。

「坂巻さん、恥ずかしながら……、実際に夫が言う通りなんですよ」

葉子が一雄の肩をやさしく撫《な》でる。

……今のところは、なんとか体面を保っていますけどね。

万が一、お義父さんが亡くなって、それこそ遺産相続なんて話になったら、莫大《ばくだい》な相続税で、何も残りゃしませんからね。

もちろん乃々華が頑張ってくれているのはたしかですけど、正直なところ、私たちの東京の家だって残せるかどうか……。

葉子というのは不思議な女性で、その茶目っ気のある話し方のせいか、語られているのは決して楽しい話ではないはずなのだが、なぜか彼女が口にすると、そんな話でさえ、最終的にはめでたしめでたしの結末が待っているような気がしてくるのである。

気がつけば、乾杯の準備は整っていた。

「さあ、殺人事件の話はここまで。お義父さんの米寿を祝って乾杯をしましょ」

場の雰囲気を変えるように葉子が立ち上がる。

……あ、そうだ。坂巻さん、せっかくですから、乾杯のご挨拶をお願いできます？

とつぜん葉子に指名され、坂巻も少し慌てた様子ではあったが、さすがにこういう場数は踏んできているらしく、

「では」

と、すぐに立ち上がる。

……この私が、梅田翁に知遇を得たのも、考えてみますと、もう四十五年も昔になりますな。

まあ、奇妙な縁ではありましたが、未《いま》だこのように近しくお付き合いいただいて……。

坂巻がまるで準備してきたような挨拶を朗々と始め、長年の友、梅田翁の米寿を祝う。

「梅田翁、おめでとうございます。乾杯！」

「お父さん、おめでとう」

「お祖父ちゃん、おめでとう」

皆が掲げるグラスに、さすがに梅田翁の相好も崩れる。

「いやいや、まったく私は幸せ者だよ。みんな、ありがとう！」

気がつけば、窓の外の風が強くなっていた。

もちろん窓は閉め切られていたが、屋敷を囲む原生の森が、この島に台風が近づいていることを知らせていた。

というのも、台湾へ向かっていたはずの台風18号が、この夜、急に進路を変え、大東《だいとう》諸島から九

州方面へと進み出していたのである。

乾杯のあと、まず供されたのは、この辺りで養殖されているという生牡蠣《なまがき》に、キャビアをふんだんにのせた前菜であった。

それは濃厚な味の生牡蠣で、遠刈田はすでに咀嚼《そしやく》し終えた牡蠣をいつまでも舌で探し回ってしまった。

さて、こうも長々と、この夜の晩餐《ばんさん》の様子を読者諸氏にお伝えしたのにはもちろんわけがある。

というのも、この翌朝、梅田翁こと梅田壮吾がこの野良島から消えてしまっていたのである。

もちろん予定があってのことではない。

4

翌朝、梅田壮吾の姿がないことが屋敷内に知れ渡ったのは、三々五々、皆が朝食のためにダイニングに集まり始めたころであった。

普通であれば、遠刈田が姿を現した時刻なら、すでに完璧《かんぺき》に朝食の準備がされているのだろうが、中途半端なセッティングのまま、家政婦の清子の姿も見当たらない。

昨晩、あれだけ盛り上がった晩餐会《ばんさんかい》の翌朝である。

まあ、清子も今朝は何かと忙しかったのだろうと、集まってきた皆は口に出さずとも、そう思っていた。

そこへ、である。

当の清子が困惑したような表情を浮かべて入ってきたのである。

「あのぉ、旦那《だんな》様の姿が、どこにも見当たらないのですが……」と。

そのとき、テーブルに着いていた者たちは、夜半から激しさを増していた強風について話をしていた。

実際、夜半から窓を叩《たた》く音が高くなっており、一夜明けて今朝、さらに風は激しさを増し、まだ雨こそ降り出していないが、昨日あれだけ輝いていた夏空は、重い雨雲に覆われていた。

「どこにもいないって、こんな天気で、まさか朝のお散歩ってわけでもないでしょ？」

まだ呑気《のんき》な葉子である。

そんなことよりも、なんなら朝食の準備を自分も手伝うつもりで立ち上がり、シャツの袖《そで》を捲《まく》っている。

「いいえ、朝のお薬がありますので」

……看護師の宗方《むなかた》くんと二人で屋敷内はもちろん、旦那様がお出かけになりそうな島内の場所は全部捜したんですけれども……。

悲愴《ひそう》な声で説明する清子の背後から、その看護師の宗方も顔を出す。

この宗方遼《りょう》という看護師、まだ経験は浅いものの、梅田翁かかりつけの対岸の町の病院で気に入られ、専属となった若者である。

「いつもは朝の七時に、お薬を寝室にお持ちするんですが」

……今朝はいらっしゃらなくて。ただ、たまに早起きした日など、お一人で散歩に出かけられることもありますので、私ものんびり待ってしまって……。

すでに時刻は九時になろうとしている。

並んだ二人を改めて見れば、実際にこの強風のなかを歩き回ったのが一目で分かるほどその髪が乱れ、服には濡《ぬ》れた落ち葉までついている。

そこへ、まだ一人だけ顔を出していなかった豊大が現れた。

「おはようございます。ん？　どうしたんですか？」

明らかに寝不足らしい声で皆に挨拶《あいさつ》するのだが、まるでそれを合図にしたように、その場にいる誰もが互いの顔を見合った。

というのも、この豊大の呑気な雰囲気と、早朝から島内を捜し回っていたという清子たちの青ざめた顔の対比が、皆に胸騒ぎを起こさせたのである。

「どこにもいないって……。まさか、こんな強い風のなか……」

安穏な口調ながら、立ち上がった一雄の声は少し震えていた。

その後、すぐに総出での捜索となった。

管理小屋から呼び出された三上譲治も、昨晩、梅田翁を乗せて船を出していないのはもちろんのこと、昨日来、顔も合わせていないと証言する。

とりあえず皆は、屋敷の外へ出た。足をすくわれそうな強風である。うねった高波が断崖《だんがい》から迫《せ》り上がってくるような、まさに嵐の様相である。

屋敷にいないとなれば、外に出たことになる。

しかし、三上の証言通りであれば、船で島外には出ていない。

いや、昨夜の高波では、まだまだ健剛な梅田翁とはいえ、一人で船を出すのは不可能である。となれば、島内のどこかにいなければおかしい。

皆は手分けして捜した。

ときおり吹きつける突風で、体ごと吹き飛ばされそうになり、とにかく葉子と乃々華、そして家政婦の清子は屋敷に戻ることになった。

男たちだけとはいえ、ときに互いの腕を摑《つか》み合っていないと、断崖を吹き上がってくる風に、その体を持っていかれそうになる。

一分一秒ごとに大型の台風が近づいてきているのが分かる。

（昨夜はまだここまで風も強くなかった）

（もしや、寝つけずに散歩にでも出かけ、どこかで倒れているのではないか）

（砂浜に下りて、波にのまれた可能性は？）

（誤って断崖から海に落ちた可能性は？）

（昨夜くらいの風に飛ばされるような人ではないだろう）

（それに島内の危険な場所には、どこも柵《さく》がある）

（ならば、自分でその柵を乗り越えた可能性は？）

（乗り越えた？　いったいなぜ？）

男たちは風に抗《あらが》いながら、そんな会話を続けた。

実際には、大声でも出していないと、今にも嵐の海へ引き摺《ず》り込まれそうだったのである。

さて、島を一通り捜索した結果、梅田翁はもちろん、靴や杖《つえ》など、彼の持ちもの一つ見つからなかった。

とりあえず暴風のなかを這《は》うように皆は屋敷へ戻った。

戻った途端、皆が一斉に喋《しゃべ》り出す。

……そもそも夕食のあとに、旦那様が屋敷の外へ出る習慣はありません。

そう証言するのは、普段この島で一緒に暮らしている清子や三上、そしてたまに泊まり込み勤務をする宗方である。

実際、島の夜は月明かりだけとなる。

懐中電灯でも持たなければ、若い三上や宗方でさえ出歩くのは容易ではない。

屋敷内をもう一度捜してみようとなったときである。

坂巻がとつぜん皆の足を止めさせた。

「いいですか、皆さん。これからは屋敷内のものになるべく手を触れないようにしてください」

少し強い口調だったせいもある。

まるでかくれんぼでもするように思い思いの場所へ行こうとしていた皆の足が、坂巻のその一言で動かなくなる。

「じゃあ、みんなで一緒に見て回るのでどうでしょうか」

提案したのは遠刈田である。

そこで、まず向かったのは梅田翁の寝室であった。

ベッドメイクはされたままで、昨晩、梅田翁が使った形跡がない。

ぞろぞろと寝室に入ってきた皆は、書架に囲まれた梅田翁の寝室を見渡した。

書架には立派な装丁の本がずらりと並んでいる。

「まさかな」

一雄が床に這いつくばり、ベッドの下を覗《のぞ》き込むが、「……いるわけないよな」と、笑いながら立ち上がる。

「あれ、枕の下に何か……」

次の瞬間、そう口にしたのは乃々華である。

見れば、枕の下に白い封筒が差し込まれている。

「なんだ？」

思わず手を出そうとした一雄に、

「私が」

と、ハンカチを取り出したのは坂巻元警部で、慎重に枕を持ち上げると、そのハンカチを使って封筒を引き抜く。

一斉に皆の声がもれたのは、そのときである。

白い封筒である。その表に力強い毛筆で「遺言書」とあったのだ。

すぐに手に取ろうとした一雄を、今度は遠刈田が止めた。

「一応、これを」

遠刈田がジャケットの内ポケットから取り出したのは白手袋である。

「いや、でも……、ちょっと大袈裟《おおげさ》じゃ……」

躊躇《ちゆうちよ》しながらも、一雄が手袋をはめる。

封筒は糊付《のりづ》けされていない。

皆の注目を浴びながら、一雄が中から便箋《びんせん》を引き出し、広げる。

皆が唾《つば》を呑《の》み込む。

「え？　どういうこと？」

まずそうつぶやいたのは葉子である。

それもそのはずで「遺言書」と書かれた封筒の中から出てきた一枚の便箋に、こう書かれているのである。

「私の遺言書は、昨晩の私が持っている。」と。

「え？」

「何？」

「どういうこと？」

首を傾げたのは、もちろん葉子だけではない。

皆は一枚の便箋を覗き込んだ。ただの便箋である。炙《あぶ》り出しのような細工がありそうでもない。

「親父の字に間違いはないよな」

一雄がつぶやく。


その後、皆はいったんメインダイニングに戻った。それぞれが昨晩と同じ席に着き、清子たちもその背後に簡易椅子を並べて腰を下ろす。遺言書が枕の下に隠してあったことが何を意味するのかは、もちろん皆、薄々勘づいている。

その意味するところは、梅田翁の自死である。

しかし、その動機がまったく分からないのである。

すでに島は嵐の様相を呈していた。岸壁に打ち寄せる波が、ときどき地響きのような音を立てている。

沈黙の続くなか、まず口火を切ったのは遠刈田である。

「あのぉ、梅田翁はこういう遊びが、昔からお好きだったんでしょうか？」と。

「こういう遊びと言いますと？」

そう聞き返す一雄の声に、少し怒気が混じっている。

当然である。

父親が自死したかもしれないと想像している最中に、こういう遊びなどと言われれば、誰だっていい気はしない。

「……あ、いえ、申し訳ありません」

遠刈田はすぐに謝った。

……梅田翁がいなくなっていることを遊びと言っているわけではなくて、その遺言書のことなんです。

そこに書かれた文言。

私の遺言書は、昨晩の私が持っている、というクイズみたいな。

「ああ」

遠刈田の言葉の意味を理解した一雄だったが、そう声をもらしたきり黙り込む。

自分の父親がどんな人物だったのか、今になって急いで思い出そうとしているような表情である。

「あんまり、そういうイメージはないですね」

代わりにそう答えたのは、乃々華である。

……みんなにクイズを出して遊ぶとか、特別ミステリー小説や映画が好きだったとか、そういうことはなかったと思います、と。

さすが梅田一族の三代目を継ぐ女性らしく、その物言いは頼もしいものがある。

「でも、ここに書かれている文字は、間違いなく梅田翁の字なんですよね？」

遠刈田はたずねた。

……とすれば、今回ばかりは、これまでのイメージとは異なることを梅田翁がやっていることになる。

「あの、大変申し上げにくいことではあるのですが。はっきりと申し上げますね」

そう言って立ち上がったのは坂巻である。

……ここまでの状況から見て、梅田翁が……、その……、昨夜、なんらかの形で、自らの命を絶とうとされたのは間違いないのではないかと、私には思えるわけです。

もちろんそんな動機などまったく想像もつきませんが。

そこで提案なのですが、このダイニングルームで、こうやって私たちだけで黙り込んでいても時間だけが過ぎていってしまいます。

ですから、まずは警察に通報してみてはどうでしょうか。

坂巻元警部の提案に反対する者はもちろんいなかった。

ただ、通報してしまうと、梅田翁自死説を受け入れたことになるのは皆分かっており、一雄を筆頭になんとなくその承諾は歯切れが悪い。

結果、皆を代表して、坂巻が地元警察に梅田翁の捜索願いを出すこととなった。

ただ、あいにく大型台風が接近中である。

連絡を受けた地元警察の方でも、できる限り早く来島するという旨の返事はくれたのだが、さて、この天候である。

……気象庁とも連絡をとりまして、早急にそちらへ向かう手段を整えますが、もしかすると今日中というのは困難になるかもしれません。

　最終的に坂巻が受け取った地元警察からのメッセージがこれである。

　通報が済むと、またダイニングルームに沈黙が流れた。

「あのぉ、先ほど一通り屋敷の中は捜して回ったとおっしゃいましたが、何かいつもと違っていたところはありませんでしたか？」

　たずねたのは遠刈田である。

　その視線は、今朝早くから屋敷中を捜し回ったという清子、宗方に向けられている。

　二人が互いに目を合わせ、見て回った屋敷内の様子を思い出している。

「こういう開放的な作りのお屋敷なので、旦那様が隠れられるような場所は、もうないかと」

　答えたのは清子である。

「……それに、さっき天井裏にも三上くんに入ってもらいましたし」

「天井裏に？」

　遠刈田がたずねると、三上がうなずく。

「もしかすると初期の認知症かもしれないというような話もあったので」

　そう答えたのは清子である。

「でも、その天井裏にもいなかったんですね」

「あの」

　ここで口を挟んできたのが、宗方である。

「……屋敷内のどこにもいなかったことは間違いないと思うんですが、いつもと違っていたところがあるといえばあって。

歯切れの悪い言い方ではあるが、宗方がゆっくりと話を続ける。

……地下にシアタールームがあるんです。

ちなみに、そこは特注の防音室らしいですが、旦那様が隠れられるような、隠し部屋みたいなものではありません。

そこに二人で入ったとき、なぜか映画が流れっぱなしになっていたんです。

「流れっぱなしに？　映画だとすれば、長くても三時間くらいでしょ。だとしたら、皆さんが捜し始める三時間前にはこの屋敷にいたことになりますよね」

遠刈田である。

「ただ、シアタールームのデッキはリピート再生の機能がついてるんですよ」

と、宗方。

……というのも、旦那様は、好きなクラシック演奏会のＤＶＤをかけたまま、お昼寝をされることがあって、繰り返し流れるように特別にリピート機能をつけたとおっしゃってました。

そこでいったん言葉を切った宗方が隣に立つ清子に目を向ける。

「ああ」

その清子が、ふいに何かを思い出したように声をもらす。

……たしかに。

私たちが捜しに入ったときには、慌てていたのであまり気にしませんでしたが、考えてみれば、旦那様がＤＶＤをつけっぱなしにしたまま、お部屋を出られるなんて、これまではなかったです。

「そうなんです」

清子の説明に、改めて宗方が言葉を添える。

……その上、テーブルにもいくつか映画のＤＶＤが出しっぱなしになっていて……。

「たしかに、あったわね」

……ＤＶＤが出しっぱなしになってたわ。

旦那様は、ご自分で出されたものは必ず元の場所に戻されるんですよ。

私がここで働かせてもらうようになって、一番感心させられたのがそのことで、やっぱり成功される方というのは、こういうところがきちんとされてるんだなって。

簡単に言ってしまえば、いつもは整理整頓《せいとん》が得意な老人が、昨夜に限ってそうではなかったという話である。

それも観ていた映画が流れっぱなしになっていて、他にもいくつか観ようとしていたのか、他のＤＶＤがテーブルに置かれたままだったと。

言ってしまえば、それだけの話ではある。

「行ってみませんか？」

そう声をかけてきたのは豊大である。

……いつも祖父と一緒にいる清子さんたちが違和感があったというのなら、きっといつもとは違う何かがそこにあるんですよ。

豊大を追うように遠刈田たちも地下のシアタールームに向かった。

地下といっても廊下には天窓もあり、大型台風接近中ながら薄暗さは感じない。

シアタールームの分厚いドアを開けたのは豊大である。

広々とした部屋で、清子たちが言うように、大きなモニターでは今もまだ映画が流れている。

流れているのは、古い邦画らしかった。

次の瞬間、聞き覚えのある有名なテーマ曲が流れ出す。

「あ」

と、遠刈田は声をもらした。

……これ、『人間の証明』という映画ですね。

遠刈田の言葉に、一雄や葉子など年配の者たちが、「ああ」と、懐かしそうにうなずく。

見れば、やはりテーブルに『人間の証明』のＤＶＤパッケージが置いてある。

遠刈田たちはテーブルを囲んだ。天井の映写機からの映像が、立ち尽くす皆の顔や体に映り込んでいる。

テーブルには他にも二本ＤＶＤが出ていた。

「『人間の証明』、『砂の器』、『飢餓海峡』」

遠刈田は映画のタイトルを読み上げた。

……六〇年代から七〇年代にかけて大ヒットした邦画ばかりですね。

「私、この三本とも大好きでした」

葉子が遠刈田の手からＤＶＤを受けとる。

……この『砂の器』に出てた島田《しまだ》陽子《ようこ》さんの魅力的だったこと。

「ああ、映画のミステリアスな部分をすべてまとったような彼女の演技は素晴らしかったですよね」

と、思わず遠刈田も話に乗ってしまう。

「私、本当はああいう映画に出られるような女優になりたくて芸能界を目指したんですよ」

……ほら、こっちの『飢餓海峡』の左幸子《ひだりさちこ》さんの演技なんてもう、思い出しただけで鳥肌が立っちゃいそう。

「ええ、ええ。この映画の左幸子は、本当に素晴らしかったです」

……年老いた父親を湯治に連れてくんですけど、混浴なんですよね。

私、初めて見たとき、かなりショックでした。もう若くもない娘と実の父親が二人きりで狭い温泉の風呂《ふろ》に。それもとっても幸せそうに。

でも、当時は、父娘で混浴なんてそんなに珍しいことじゃなかったみたいですね。

と思うと、『ああ、日本って、ほんとにいい国だったんだな』って、私、思いましたもん。

映画の話に夢中になってしまった遠刈田と葉子を、皆が訝《いぶか》しげに眺めている。

「ここにある映画が、本題と関係ないのであれば、ここらで少し休憩にしませんか」

朝からの緊張状態で疲れも出ていた。そう提案したのは一雄である。

……まあ、昨夜、父がこのシアタールームで映画を観ようとしたのは間違いないんでしょうけど、だからと言って、それがいなくなった父と直接的に繋《つな》がりそうでもなさそうですし。

そう言った一雄がシアタールームを出ていく。

皆にも異論はないようで、やはり少し疲れたような足取りで一雄のあとを追う。

ダイニングルームに戻ると、皆はまたスタート地点に立たされたようだった。

とはいえ、この嵐の中、内を外をと捜し回った疲労感が出て、すぐにまたどこかへ向かってスタートを切るという気力もない。

そんな折、遠刈田の腹が鳴った。

考えてみれば、朝食もまだなのである。

「まったく申しわけありません。昨日、あんなに贅沢《ぜいたく》なお料理をいただいたので、すっかり胃が調子に乗ってしまっているようで」

遠刈田は顔を赤らめた。

「あらあら、とにかく警察の到着を心配するより、まずは自分たちのおなかの心配しなきゃ」

その場の空気を変えるような葉子に、

「すみません、すぐに何か用意しますので」

と、慌てて台所へ向かった清子のあとを、

「じゃあ、僕も手伝いますよ」

と、豊大が追っていく。

一瞬だけ慌ただしくなったが、しかしそれもほんの束の間のことである。

すぐにまた訪れた沈黙のダイニングの中心には、

「私の遺言書は、昨晩の私が持っている。」

と、書かれた便箋だけが置かれている。

「あのぉ、これなんですがね」

口を開いたのは、遠刈田である。

……さっきからずっと昨晩のことを思い出していたんですが、ちょっと気になることがありまして。

「と、言いますと？」

すぐに一雄が聞き返してくる。

「ええ、見たところ、水につけると文字が浮かび上がってくるとか、そういった仕掛けのある紙ではないように思われるんです。となると、やはり書かれていることだけがすべてではないかと」

「ただ、私にはまったく見当もつかないんですよ。私もさっきからずっと昨晩の父のことを思い出そうとしているんですが」

その場にいる誰もが、一枚の紙を見つめた。

「私の遺言書は、昨晩の私が持っている。」

そこにはそう書かれているだけである。

「あのぉ、一つお聞きしてもよろしいでしょうか」

また訪れそうになった沈黙を破ったのは遠刈田である。

……さっきから少し不思議に思っていたことなんですが。

遠刈田は遠慮がちに続けた。

……ベッドに遺言書が残されていて、それを書いた本人の姿はない。

ちょっと言いにくいのですが、この流れですと、さっき坂巻さんもおっしゃったように、昨夜、梅田翁が自らの命を絶ったと見るのが妥当だと思えるのですが……。

そこで遠刈田は一度、言葉を切った。そして皆を見回した。

……しかし、皆さんは、あまりその事について心配しておられないような気がする。

いや、もちろん心のなかまでは分かりませんが、少なくとも悲しまれている様子はない。

この遠刈田の違和感に答えたのは、台所からコーヒーポットを抱えて戻ってきた豊大であった。

「遠刈田さん、あなたがそうお感じになるのはもっともかもしれません」

……ただ、私も、そしておそらく両親や妹にも、まったくそのことがイメージできないんだと思うんです。

「そのことと言いますと、梅田翁が、その、自ら命を絶ったという……」

「ええ、そうです」

……一言で言ってしまえば、そんな人ではなかった。そうとしか答えられないのですが。

豊大の言葉を補足するように、次に乃々華が口をひらく。

「本当にそうなんです」

……もちろんさっき、遺言書を見つけたときには、私も驚きました。そして、一瞬、そんな最悪な事態も考えました。

でも、やっぱりすぐに、「いやいやいや」って。「お祖父《じい》ちゃんは、そんな人じゃない」って。

逆に、こんな手の込んだ悪戯《いたずら》をして、みんなを心配させておきながら、ひょっこりどこかから出てくるイメージしか湧かないんです。

それも昨晩みたいに大笑いしながら。

一雄や葉子も乃々華と同意見のようだった。

「昨晩、遠刈田さんもご覧になったでしょう。『ガハハハ』と笑ってここに現れた父の姿を」

一雄が続ける。

……あれが、乃々華や私たちがイメージできる父の姿なんですよ。

一雄の説明を聞きながら、遠刈田は、何を呑気な、と、正直思わないでもなかったのだが、皆のカップにコーヒーを入れて回る豊大を眺めていると、彼らが本気でそう感じているのも伝わってくる。

「しかし、皆さんが知っていた梅田翁はそうかもしれませんが、人間、年を取ると、何かと気弱になり、心もちも変わるもんじゃありませんか」

遠刈田はそのまま質問の相手を、看護師の宗方に変えた。

……宗方さん、一つお聞きしてよろしいでしょうか？

「は、はい」

「正直に答えてください」

……こういう事態です。もし、梅田翁ご本人に口止めされていたとしても、ここは正直にお願いします。

梅田翁は何か深刻な病気に罹《かか》っていませんでしたか？

一斉に皆の視線が宗方に向かった。緊張した宗方の手元でコーヒーカップがカチカチと音を立てる。

「い、いえ。そんなことはありません」

……月に一度は、うちの病院できちんと健康診断を受けておられますし。

もちろんご高齢ですので、すべての数値がいいというわけではありませんが、おそらく遠刈田さんが考えておられるような、たとえば早急に命を落とすような疾患はありませんでした。なので、そういう理由で、旦那様が自死を選ぶというのはちょっと……。

「しかし、認知症を疑われていたとお聞きしました」

「それは確かにご家族の皆さんもご心配されています」

……ただ、看護師の私としましては、例の宝石を夜中に何度か探していたとき以外、いたって正常だったと言い切れます。

気がつけば、テーブルには食事が整っていた。

すでに昼時である。

清子が途中まで準備はしていたらしく、オムレツにベーコン、焼き立てのトーストには手作りらしいジャムや蜂蜜《はちみつ》がついており、五つ星ホテルの朝食顔負けである。

この食事の最中、地元警察から連絡が入った。

やはりこの天候のなか、来島できる手段はなく、早くても到着は明日の朝になるだろうと。

「昨日の晩、最後に梅田翁と会ったのは誰になりますか？」

坂巻が焼き立てのトーストにバターを塗りながら、誰にともなく尋ねる。

遠刈田の目には、やはり彼もまた、この騒ぎに対して少し呑気なように見えた。

「最後は……」

一雄が皆を見回す。

「私はここでおやすみのご挨拶をしたのが最後だわ」

葉子である。

「私も、ここでおやすみの挨拶をしてから、すぐに自分の部屋に戻った」

乃々華である。

「私も、葉子とここでしばらく飲んで、一緒に部屋に戻ったな」と一雄。

「僕も、昨晩はすぐに部屋に戻ったかな。で、そのまま寝てしまいました」

豊大までが順番に告げると、台所で食事を取っていたらしい清子たちが現れて、順番に昨夜のことを証言する。

「私は、お食事の片付けを終えて、お部屋に下がらせてもらったのが、十時ごろだと思います。そのあとはお風呂に入ってすぐに寝てしまったかと」

清子である。

「私は、日が暮れてからは、こちらの屋敷には来てません。今朝、清子さんが呼びに来られるまで、ずっとボートハウスの自分の部屋にいましたから」

これが三上である。

「じゃあ、最後に旦那様と会ったのは、私だと思います」

看護師の宗方が手を挙げる。

……食後のお薬がありますので。

いつもは九時前なんですが、昨日はお祝いがありましたので、お部屋にうかがったのは十時過ぎでした。

いつものようにソファで音楽を聴いておられましたが、特に変わったところはなかったです。

あ、でも、そういえば、今度、私、結婚するんですが、そのことを聞かれました。

「かわいい奥さんを持ったら、さすがに君をこの島に泊まらせるのは奥さんに悪いから、天候が悪い日は休みにしてもらっていいからな」と。

だからこう申し上げたんです。

「そんなこと言わないで下さい。結婚は嬉《うれ》しいんですが、この島で迎える朝が、私は大好きなんです」と。

これで全員の証言が出そろったことになる。

皆の話を聞きながら、遠刈田も昨夜の光景を蘇《よみがえ》らせていた。

「いやいや、まったく私は幸せ者だよ。みんな、ありがとう！」

感無量の表情で、梅田翁が祝杯を受けたあとに供されたのは、申し分のないフルコースである。

生牡蠣《なまがき》のキャビアのせから始まったコースは、近海で獲《と》れた金目鯛《きんめだい》のポワレ、伊万里《いまり》牛のヒレ肉とフォアグラのロッシーニステーキと進み、舌まで溶けてしまうのではないかと思うほどのフォンダンショコラのデザートで締め括《くく》られた。

質はもちろん、結構な量だったのだが、梅田翁も坂巻も、年齢のわりにかなりの健啖家《けんたんか》で、他の者たちと同様にカベルネ種の赤ワインで、このフルコースをペロリと平らげていた。

食事が終わると、梅田翁は自室へ戻った。明日は残念ながら台風で船は出せないでしょうが、明後日には近場で鯛でも狙いに行きましょう。

と、坂巻に声をかけながら。

そして、他の者たちには、ただ、「じゃ、みんな、おやすみ」とだけ微笑みかけていた。

ポートワインとチーズを愉《たの》しみ始めた一雄と葉子を残して、それぞれがダイニングをあとにした。

遠刈田と一緒にダイニングを出た豊大が、

「今夜はお祝いの席なので、例の件は明日から始めましょう」

と声をかけてきた。

遠刈田は、

「承知しました」

と大理石のホールで別れ、少し強くなっていた夜風に誘われるように中庭へ出た。

中庭に出ると、坂巻が一人でコーヒーを飲んでいた。

「ああ、遠刈田くんだったかな？　よかったら、一緒にどうです？」

「乾杯のご挨拶が素晴らしくて感服いたしました」

遠刈田は素直な感想を述べた。

「それはありがとう」

……でも、考えてみれば、これまでいろんなところで挨拶してきたからな。

新任の挨拶、送別会、歓迎会、部下たちの結婚式に、退職の挨拶……。

まあ、年の功でしょうな。

「梅田翁へのお気持ちもあふれてました」

「長い付き合いだからね。それに、私は、ここの家族が好きなんですよ。みんな仲が良くて」

「私もたった一晩のことですが、こちらのご家族が好きになりそうです」

「そういえば、私立探偵なんでしょう？　豊大くんの友達というわけでもなさそうですが……」

「ええ」

遠刈田はうなずくだけに留《とど》めたのだが、坂巻はすでに何かを察しているようだった。

「……実は豊大さんに、あることを頼まれまして」

遠刈田がそう言った途端、

「ああ、もしかして、あれですか？」

……梅田翁が作りたがっている自分史。

いろいろ昔のことを調べたいんだが、誰か適任者はいないだろうかって、前に相談されたことがありますよ。

坂巻はそう早合点した。

遠刈田は曖昧《あいまい》にうなずいておいた。

宗方が夜な夜な宝石を探していると話したことは、あまり気にしていないようで、その表情を見る限り、「一万年愛す」という宝石について彼が何か知らされているとは思えなかった。

その後、コーヒーを飲み終えた坂巻が、先に屋敷へ戻った。

なんとなく一人残った遠刈田は屋敷の方を眺めていた。

坂巻の部屋に明かりがついたのは、すぐである。

要するに坂巻もまたどこへも寄らずに自室へ戻ったのである。

5

清子が準備してくれた食事を、皆はほとんど完食した。

遠刈田など、あまりにもオムレツが美味《おい》しく、トーストを二枚半も食べてしまった。

その遠刈田がナプキンで口を拭《ぬぐ》うのを待ち構えていたように、

「誰か、これについて、何か思いついた者はいないか?」

と、一雄が葉子たち家族に便箋《びんせん》を広げて見せる。

しかし、葉子も豊大も乃々華も、一様に首を横にふる。

そのまま一雄の視線が清子たち使用人に、そして坂巻から遠刈田に向かってこようとしたときである。

「あっ」

遠刈田は小さな声をもらした。

一斉に皆の視線が遠刈田に集まる。

「喜びはすべて背後に去ったことを思い知らせる場でしかないと言うじゃないか」

遠刈田はいきなりそれだけ言うと、逆に皆を見つめ返した。

……いや、これは昨晩、梅田翁がおっしゃった言葉なのですが、覚えておられる方はいらっしゃいますか？

　遠刈田の質問に、

「ええ」とか、

「まあ、なんとなく」

　といった曖昧《あいまい》な返事があちこちから返ってくる。

「梅田翁というのは、普段からあのような、なんと言いますか……、まるで舞台俳優のようなしゃべり方をされる方だったんでしょうか？」

　この遠刈田の質問には、一雄が答えた。

「まあ、いつもではないですが、ああいう席では、少し大袈裟《おおげさ》な物言いをする人ではありました」

「ああいう格言めいたセリフを言うことも？」

「ええ、多かったですね」

「……ほら、雑誌の取材などもよく受けていましたので、そんなときにもさらっと口にしてましたね。とにかく活字中毒気味に本好きですので」

「ええ。それはあの寝室を拝見すれば分かります」

　遠刈田はそううなずくと、少し間を置いてこう話し出した。

「実は、昨晩、私はまるでシェイクスピア劇でも見ているような気分だったんですよ」

……いや、それこそ、英国女王から叙勲でも受けた名優のように見えたんです。

　そして、今、ふと思い出したんですよ。

「年寄りの祝いなんてものは、悲しみだけ行く手にはあり」という、例のあれです。

あれ、本当にシェイクスピアなんですよ。

この辺りで皆の視線に変化がある。

初めて遠刈田を探偵として、いや、もう少し言えば、名探偵かもしれぬと期待を込めたのが伝わってきたのである。

「梅田翁の寝室に、シェイクスピアの本はありますか?」

遠刈田はたずねた。

「ええ、全集があったと思います。前に借りて読んだことがあるんです」

答えたのは、乃々華である。

「梅田翁は、『私の遺言書は、昨晩の私が持っている。』と書いています。探してみる価値はあるかと」

「でも、お祖父《じい》ちゃんの本棚には、いろんな本がバラバラに置いてあって、全部探し出すとなると……」

乃々華の表情がくもる。

「いいえ、全部揃ってなくても結構です。このセリフが書かれている本を、私は知っているんです」

「ほう」

感心したような声がもれる。

「実はですね。私、若いころに役者を目指していた時期がありましてね」

遠刈田は少し照れくさそうに告げた。

……それで、ちょっとした劇団の研究生だったことがありまして。

まあ、ごらんの通り、その夢は叶《かな》わなかったわけですが。

いや、というのも、私の実家というのが、横浜の野毛という歓楽街にある小さな名画座でしてね。映画の黄金時代にはそこそこ繁盛したみたいなんですが、最後の方はもう、売店で売ったコーラが賞味期限切れで訴えられたこともあるような惨状になっておりまして。

すっかり話は逸《そ》れてしまっているのだが、皆は律儀に遠刈田の話に耳を傾けてくれている。

となると、ここで中途半端に話を終えるのもタイミングが悪い。

……それで、まあ、実家が小さいながらも映画館だったものですから、とにかくいろんな映画を観て育ったわけです。うちの両親も寛大と言いますか、放任主義と言いますか、どんな映画でも観せてくれたものですから。

まあ、それが将来は役者になりたいと思うようになったきっかけといえばきっかけなんです。

で、何が言いたいかと申しますとね。

私が劇団の研究生だったときに、新人公演というのがありまして、もう悪夢を見るほど暗記させられた本があるんですよ。

「それがシェイクスピアだったんですか？」

尋ねてきたのは乃々華である。

「ええ。そうなんです」

「シェイクスピアの？」

「『ソネット集』」

……『リア王』や『マクベス』のような有名な戯曲ではなくて、シェイクスピアが書いたソネット、いわゆる十四行詩を集めた詩集なんです。
遠刈田が言い終わらぬうちに、一雄たちは席を立っていた。

もちろん向かうのは梅田翁の寝室である。

一雄を先頭に、皆が階段を駆け上がった。

開けっぱなしの梅田翁の寝室に駆け込むと、皆が一斉に大きな書架の前に立ち、それぞれの指を当てながら、右から左、上から下へとそのタイトルを確認していく。

「あった！　ありました！」

窓際でしゃがみ込んでいた乃々華の興奮した声が響いたのはそのときである。

「……前に、シェイクスピアを借りたときに、この辺にあったような気がして……。ほら、やっぱり、この棚でした！」

……これですよね？

乃々華が手にしているのは、シェイクスピア全集の一巻である。

重厚な装丁に金文字で示されたタイトルの中に、「ソネット集」の文字もある。

乃々華が外函《そとばこ》からゆっくりと本を出した。まず外函を覗《のぞ》き込むが、からっぽである。

次にゆっくりと本を開いた。パラパラパラパラとめくった瞬間、ある箇所でページが止まる。

「あ」

皆の声が揃った。

そこに一枚の封書が差し込まれているのである。

そしてこちらにも「遺言書」と立派な毛筆で書かれている。

「本当にありましたね、遠刈田さん」

豊大がもらした息が、遠刈田の首筋に当たる。皆の顔が近い。

遠刈田が白手袋を一雄に渡そうとした。

「いえ、もうあなたが」

一雄が手袋を辞退して、遠刈田に封筒を差し出す。彼が遠刈田をいよいよ信頼してくれたのが、その目から伝わってくる。

「では、私が、よろしいですか?」

遠刈田は皆を見回した。

一同がうなずく。

ちなみにこちらの封筒も糊付《のりづ》けはされていない。

遠刈田は封筒を開けた。

すると、やはりこちらからも一枚の便箋が出てきたのである。

「ひらきますよ」

遠刈田はそう言いかけて、ふと思い直した。

「……あの、失礼を承知で申し上げるのですが、これは梅田家の方々の、とてもプライベートなことだと思うんです」

……ですので、ご家族以外の方々は、私も含めてですが、席を外した方がよろしいのではないかと。

一通目の遺言のときには、私も慌ててしまって、気がつかなかったのですが。

遠刈田の意見に、まず賛同したのは坂巻で、

「それもそうですね」

と、すぐに廊下へ出る。

そのあとを追うように、清子、宗方、三上も廊下へ出た。

遠刈田は、

「では」

と、まだ折られたままの便箋を一雄に渡し、自らも部屋を出た。

遠刈田はドアを閉めた。

さほど厚いドアでもなく、中から一雄の声が聞こえてくる。

「いいか、これを開ける前に、お父さんから一言。ここに何が書かれていても、家族内での恨みはなしだ」

「そんなの、もちろん分かってるよ」

豊大の声が聞こえ、次に乃々華の声もする。

「ねえ、私、この中にあるの、お祖父ちゃんから私たちへのお別れの手紙のような気がする。お別れっていうか、なんかこれまでありがとうみたいな」

しんみりした声である。

「なんだか、私もそんな気がしてきたわ」

葉子の声である。

こんな状況ではあるが、この梅田家の人々が本当に信頼し合っているのが伝わってくる。

その後、五秒、十秒、二十秒ほどが過ぎたころだろうか、そのドアが内側から静かに開いた。

「あの」

顔を出したのは、首を傾げる豊大である。

「……遠刈田さん、ちょっと入ってもらっていいですか？　あ、皆さんも、もしよかったら」

なんとも緊張感のない物言いである。

まず遠刈田が部屋へ戻った。

早速、一雄が便箋を広げて見せてくれる。

遠刈田は覗き込んだ。

「一万年愛すは、私の過去に置いてある。」

便箋にはそう書かれている。

遠刈田は梅田家の人々を見回した。そして、もう一度、読み返した。

「一万年愛すは、私の過去に置いてある。」

やはりそう書いてある。いや、それだけしか書かれていない。

遅れて入ってきた他の者たちもその文章を読んだ。皆、きょとんとしたままである。

もちろん書かれていることは分かる。

ただ、それが何を意味するのかが分からないのである。

「あの……」

まず口を開いたのは豊大である。

……あの、ということはですよ。

一万年愛すって宝石は、やっぱり存在するってことなんでしょうか？
その場の誰かに尋ねるというよりも、便箋自体に尋ねるような物言いである。
とはいえ、もちろん便箋が答えてくれるわけもない。
と、次の瞬間、皆が一斉に喋《しゃべ》りだす。
（ああ、きっとあるんだよ）
（嘘でしょ。あのカタログに載ってた、あのルビーが？）
（とにかくあるんだよ。あるからお前たちで探せってことだろ）
（でも、どこを？）
（お祖父ちゃんの過去に置いてあるって、どういうこと？）
（でも、旦那《だんな》様ご自身もお探しになっていたわけですから……）
（でも、あれは狂言ってことは考えられない？）
（私たちにその一万年愛すって宝石の存在を知らせるため？）
（なんでそんな手の込んだことするんだろ？）
（なんか、親父っぽくないんだよな）
（たしかに）
（そうね。なんというか……）
その辺りで、ふいに会話が途切れる。
その途切れた会話を遠刈田が繋《つな》いだ。
「なんというか、ちょっと子ども染みているとおっしゃりたいのでしょうか？」と。

遠刈田の質問に、一人二人とやんわりと首肯が伝わっていく。

「では、皆さんは、今回のことが梅田翁のやっていることには思えないとお考えなのですね？」

遠刈田はきいた。

「ええ」

まず口を開いたのは一雄である。

……父に遊び心がなかったとは言いませんが、どちらかといえばせっかちな人だったし、過去にこういうクイズめいたことをされた記憶もないんですよ。

「それでいえば、お祖父ちゃんって、クイズや推理小説なんか、先にその答えを調べたり、読んだりするタイプだったもんね」

乃々華が一雄を補足する。

遠刈田は横に立つ坂巻を見やった。

彼も同意見のようで、

「私の知っている梅田翁のイメージではないのは間違いないですね」

と、うなずく。

「となると、梅田翁ではない誰かが、こんなことをしていることになりますが」

遠刈田はいった。

一気に薄気味悪い雰囲気が部屋を覆う。

「いやいや、私、やっぱりお祖父ちゃんはどこかに隠れてるような気がする」

とつぜん雰囲気を変えたのは乃々華である。

……きっとそろそろ、どこかからひょっこり出てきて、

「ああ、やっぱりバレたか。やっぱり慣れぬことはするもんじゃないなぁ。米寿の祝いの余興に面白いと思ったんだけどなあ」

なんて、また大笑いしそうな気がする。

「じゃあ、いったいどこに隠れてるんだよ。俺たちは島中を捜したんだぞ」

この暴風のなか、島中を歩き回った豊大が子どものように口を尖《とが》らす。

実際、梅田翁の姿は島にはないのである。

たとえば、梅田翁が命綱でもつけて断崖《だんがい》のどこかにぶら下がっている、というのならまだ隠れる場所もあるのかもしれないが、現実的に考えても、米寿を迎えた老人が隠れられるような場所は、もうこの島のどこにもないのである。

とすれば、梅田翁がこの島から姿を消したことは間違いない。

さらに昨夜からの天候を考えれば、それが意味することは一つ。

彼はすでに生きていない。

ということなのである。

その上、もしもこの謎めいた遺言書が、子どもっぽいとか、梅田翁らしくないというのであれば、梅田翁ではない誰かが、ということは、ここにいる誰かが仕組んだものとしか考えられなくなるのである。

6

「あのぉ」

二通目の謎めいた遺言書を覗き込んでいる遠刈田たちから、少し離れて立っていた宗方が声をかけてきたのはそのときである。

一斉に皆の視線が向けられると、宗方は少し緊張した様子であったが、それでも根が素直なタイプなのか、

「あのぉ、別に何かを疑っているとか、そういうことではないんですけど……」

と、のんびりとした口調で話し始める。

……さっきダイニングで、みんなが昨夜どう過ごしたかを話したじゃありませんか？　そのとき、豊大さんが、

「僕も、昨晩はすぐに部屋に戻ったかな。で、そのまま寝てしまいました」

って、おっしゃったと思うんですけど……。

宗方が、なぜか豊大ではなく、横に立つ三上をチラッと見る。

「ええ、たしかにそうおっしゃいましたね。それが？」

遠刈田は先を促した。

「ですよね」

……でも本当に、豊大さんを疑っているとかじゃないんですよ。

だけど、昨日の晩、豊大さんが三上さんと一緒に、ボートハウスへ歩いていくのを、私、部屋の窓から偶然見たんですよ。

だからちょっとおかしいなって。

忘れてらっしゃるのかなって。

宗方は特に表情も変えずに言い終えた。

実際、何かを疑っているというよりは、どうして豊大がその事実を言い忘れたのだろうかと不思議に思っている様子であった。

「三上さんと？」

遠刈田は三上に問うた。

三上は、こう証言したのだ。

……私は、日が暮れてからは、こちらの屋敷には来てません。今朝、清子さんが呼びに来られるまで、ずっとボートハウスの自分の部屋にいましたから、と。

「あ、ああ」

そこで、少し場違いな大声を出したのが、豊大である。

「……ああ、そうだ」

……すっかり忘れてました。

風が強かったものだから、ちょっとボートハウスの様子を見に行ったんでした。

その途中で、三上くんと偶然会ったんですよ。なので、三上くんは屋敷に来ていたわけじゃないと思うんですが」

豊大はそう答えた。かなり早口で、どこか白々しさがある。

「そうなんですか、三上さん？」

遠刈田はきいた。

無表情のまま、「ええ」と、三上がうなずく。

「でも……」

そこでとつぜん会話に入ってきたのが、清子である。

「どうしました？」

遠刈田は水を向けた。

「え、ええ」

言いにくそうではあるが、ここで黙っている方がのちのち問題になるだろうという正常な判断ができる人らしく、

「お二人、嘘をついてます」

と、毅然《きぜん》とした口調で言い切る。

「嘘？」

遠刈田は聞き返した。

「ええ。三上くんも豊大さんも」

「と、言いますと？」

「私が台所の片付けを終えてしばらくしたときですから、かなり遅い時間だったと思うんですが、実は、私、旦那様のお部屋にうかがったんです。こういう特別な日でしたから、他に何かご用がありはしないかと思って」

「でも、なぜ、それをさっきは言わなかったんですか？」

「ええ、申し訳ありません」

……ただ、特に何もなかったものですから。

お部屋にうかがって、何かご用はないかとお尋ねして、「いや、ないよ。ありがとう。清子さんも疲れたでしょ。ゆっくり休んでください」って、旦那様がおっしゃって。

「そのとき梅田翁は何をしておられました？」

と、遠刈田は問うた。

「いつものようにバッハの無伴奏をお聴きになっていました」

清子は続ける。

……普段は、音楽の話なんかしないんです。私がクラシック音楽に疎いのをご存じですから。

でも、昨日の夜に限って、

「清子さん、この無伴奏って曲はね、不思議な作品なんだよ」

実際には一人のバイオリニストが弾いているのに、ところどころ、まるで三人で弾いているように聴こえるんだよって。

……ですから、私もその場でしばらく聴いてみたんですが、やっぱり私にはさっぱりで。

「それで、どうして、こちらの二人、三上さんと豊大さんが嘘をついていると？」

その辺りで急《せ》いた遠刈田がたずねた。

「ああ、そのあとなんです……」

清子が豊大と三上の視線から逃れるように立ち位置を変える。

……そのあと、旦那様のお部屋を出て、二階のお手洗いを確認したんです。

お客様が多くいらっしゃるので汚れていないかと思って。ペーパータオルがなくなっていたので入れ替えたり、一通りチェックして、トイレを出ようとすると、お二人が旦那様の部屋に入っていったんです。

「で、でも、どうしてそんな大事なことを黙っていらしたんですか？」

遠刈田はやさしくたずねた。

「申し訳ありません」

……お二人がおっしゃらないし、たぶん天候が良くなってからの釣りの計画か何かを話しにいらしたんだろうと思ってましたし。

あと、なにより、なんと言いますか、ご家族のことなので、私のような者が、妙に出しゃばってもあれかなぁと……。

そんなことを思っているうちに、私も旦那様の部屋に行ったことを言いそびれてしまって……。

清子は今になってひどく恐縮していたが、言いそびれてしまって……という妙に呑気《のんき》な物言いが、その場に流れていた緊張感をプツンと切ってしまったようでもあった。

実際、二人が梅田翁の部屋をたずねた理由も、釣りの計画の相談程度であったのだろう、というような雰囲気である。

「まあ、では、豊大さんと三上さんのことは置いておいて、先に、まだ何か言いそびれている方はいらっしゃいませんか？」

遠刈田の少しとぼけた物言いに、いくつか小さな笑いが起こる。

「でも、本当は何の用で、三上くんと二人で、お義父《とう》さんのお部屋へ行ったのよ？」

その場の雰囲気に反して、葉子だけはまだ気になるようで、まるで幼い息子を相手にしているように豊大にたずねる。

もちろん、まさか自分の息子が義父の失踪《しっそう》に関わっているなどとは微塵《みじん》も疑っていない呑気な物言いである。

「ちょっと話があったんですよ」

そして、母親に答える息子もまた同様である。

わりと深刻な場面のはずだが、まるで塾をサボった理由でも聞かれているような態度なのである。

「釣り船の手配とか？」と葉子。

「まあ、その程度のことです」

「だったら、そう言えばいいじゃない」

母子の言い合いを制するように、そのとき声が上がった。

「あの、じゃあ、言いそびれてた人間の一人として、私も手を挙げてよろしいでしょうか」

ここまで口数の少なかった坂巻が、そう言いながら律儀に手を挙げる。

「では、どうぞ」

遠刈田は促した。

「実はですね、私も、ちょっと、さっきとは違う証言をしなきゃならないんですよ」

……というのも、私がベッドに入るちょっと前でしたので、まだそんなに遅い時間じゃなかったと思うんですが、乃々華ちゃんがね。

坂巻がそこで言葉を切り、少し申し訳なさそうに乃々華を見やる。

……乃々華ちゃんが、梅田翁の部屋に入って行くのを、やっぱり偶然見たんですよ。

寝る前にトイレに行こうと思って廊下に出たんですけど、右と左を間違えて、そしたらちょうど乃々華ちゃんが梅田翁の部屋に入って行くところで。

トイレのペーパータオルが切れていたので、清子さんが入れ替えてくれる前だったんでしょうね。

皆の視線が乃々華に向かう。

その視線をちょっと煙たそうに払った乃々華が、

「あー、ごめんなさい。坂巻さんの言う通りです」

と、あっさりと認める。

……お祖父ちゃんにちょっと相談があったのよ。

でも、その相談内容とお祖父ちゃんがいなくなったことにはなんの関係もないからね。

「まあ、関係があるかないかは置いといて」

遠刈田は静かに口を挟んだ。

すると、

「ちょっと待って」

と、乃々華が話を遮る。

……こんな状況で、また一つ隠し事みたいなことが増えたら、ますます面倒だから、もう私、話します。

昨日の晩、私がお祖父ちゃんの部屋に行ったのは、ある相談事があってです。

その相談事というのは、まあ、簡単に言ってしまえば、もしその「一万年愛す」という宝石が本当にあるのなら、お祖父ちゃんが元気なうちに会社名義の財産にしておいてほしいって相談です。

もうここにいるのは身内の方だと思ってますから、包み隠さず話しますけど、うちの会社、梅田丸百貨店は現在、香港《ホンコン》の投資会社を相手に裁判を起こそうとしています。

お父さん、いいよね？

ふいに乃々華が、一雄にたずねる。

少し迷った一雄が、

「ああ、かまわないよ。こういう状況だ」

と、うなずく。

「じゃあ、全部お話しします」

……簡単に言ってしまえば、祖父から父がうちの家業を継いだとき、香港の投資会社と組んで新規事業を立ち上げたんです。

当時、まだ発展途上だったバンコクの中心地に、そのエリアのランドマークとなるような「ＴｈｅＰｌｕｍ」という最新型のショッピングモールを作る計画です。

計画は順調に進んで、現在ではその「Ｔｈｅ Ｐｌｕｍ」は予定通りにエリアのランドマークとなっています。

ただ、この経営から、うちの会社は完全に弾《はじ》かれてしまっているのが現状です。要するに、香港の投資会社に資金だけ吸い上げられて、結果的には経営権はおろか、うちが所有している株式までも抵当に入れられてしまっているんです。

もちろんビジネスの世界ですから、双方には双方の言い分があり、どちらが正しいという話ではありませんが、まあ、人道的に見れば、完全に私たち梅田丸百貨店が、香港の投資会社にうまく騙《だま》されたという図式になると思います。

うちとその投資会社で作った会社に、うちは身の丈以上の資金を注ぎ込んだ。

次々に出てくる資金難に、そうしなければ、これまで使った資金が回収できなくなるという、今考えてみれば、完全な詐欺商法とも言えます。

結局、二社で作った会社は倒産という形となり、また別の企業と組み直した香港の投資会社が、そのスキームでこのプロジェクトを進めていったんです。

うちが味方となるアドバイザーを付けていれば、なんとかなったのかもしれませんが、梅田丸百貨店という成功例に頼りすぎてしまい、単独でこのプロジェクトに参加してしまったのが最大の失敗だと思います。

もちろん、これは父の失敗です。うちは多額の資金を失いました。

ただ、祖父はこの失敗を咎《とが》めませんでした。

というのは、父がこの計画に資金提供をすると決めたときに、何よりもまずタイの恵まれない子どもたちのための養護施設の建設を、最優先にすると決めていたからです。

梅田丸百貨店というのは、子どもたちのおかげで成功したデパートです。

父はその恩返しをするつもりだったのだと思いますし、だからこそ祖父も、父の未熟な失敗を表立っては責めなかったのだと思います。

まあ、というのが、現在のうちの状況なんです。

昨晩、祖父やうちの母が、そろそろ没落しそうな金持ち一族だと笑っていた理由が、この状況のことなんです。

ですから、私は、この梅田丸の三代目として、裁判を起こすことにしました。

もちろん当初の立場に返り咲けることはないと思います。でも、父がこの計画で最優先させた養護施設に関してだけは、どうしても存続させたいと思っているんです。

そのための裁判なんです。

だから、お金が必要なんです。もしそんな高価な宝石があるのだとすれば、それが必要なんです。

乃々華の演説は終わった。

正直、遠刈田は呆気《あっけ》に取られていた。

まるで昨晩の梅田翁が乗り移ったような迫力で、この迫力ならば、香港の投資会社など裁判でコテンパンにできるのではないかとさえ思った。

そして、なるほどこの梅田家の三代目は、間違いなく彼女なのだと確信したのである。

「これが、昨晩、私が祖父の部屋に行って相談した内容です。包み隠さず話しました」

乃々華がそう締めくくると、

「で？」

と、一雄がどこか頼りなげな声を出す。

……で、親父はなんて言ったんだよ？　と。

「『乃々華、お前の気持ちは分かったよ』って、言ってくれた」

……そしてこうも言った。

一雄のことを悪く思うんじゃないぞって。一雄には一雄なりの思いがあって、それで挑戦したことなんだからって。

乃々華の言葉に、一雄は言葉を失っていた。その目にうっすらと涙まで浮かんでいる。

遠刈田はしばらく様子を見ていたが、このまま感傷に浸っていても、話は先に進まない。

遠刈田は、これも探偵の仕事の一つと割り切ると、

「えっと、乃々華さんの訪問理由は分かりました」

と、感傷的になっている雰囲気を断ち切るように声を上げた。

……では、改めてお聞きします。

他にどなたか言いそびれている方はおりませんね？

先ほどと同じように、居酒屋で注文でも取るような物言いである。

そしてしばらく待ったが、さすがにもう手は挙がらなかった。

ということはである。

ここまでの証言が本当にすべてであるならば、昨晩お祝いの食事会が終わり、寝室に戻った梅田翁に会ったのは五人。

早い順に言えば、乃々華、清子、三上と豊大、宗方となり、その後、誰も梅田翁を見ていないということである。

というよりも、当初の証言では、昨晩、食事後の梅田翁に会ったのは宗方だけだったのが、気がつけば、その数が五倍に膨らんでいたことになるのだ。

一同はとりあえず梅田翁の寝室を出て、メインダイニングへ戻った。テーブルには二通の遺言書が並んでいる。清子と豊大が台所から紅茶とレモンケーキをそれぞれに運んできてくれる。そのあいだ、口を開く者はいなかった。

いよいよ外は暴風雨となっている。木々をなぎ倒すような風の音が、地鳴りのように響いている。

そのとき、坂巻の携帯が鳴った。

先ほど通報した地元警察からで、いろいろと策を練ってみたが、やはり今日中の来島は無理だという知らせであった。

坂巻はその旨を伝えると、トイレに立った。

部屋を出たところで、その坂巻がこっそりと遠刈田に手招きをする。

遠刈田は不自然に見えないように席を立った。

大理石のホールへ出ると、大きな花瓶の後ろに坂巻が身を隠すように立っている。

「何か？」

遠刈田は小声でたずねた。

「いや、私にもやっと理解できましたよ」

坂巻が微笑む。

……あなたが豊大くんに何を依頼されて、この野良島にやってきたのか。

その「一万年愛す」という宝石を探すためになんですね。

今さら嘘をついても致し方ないので、遠刈田は、

「ええ」

と短くうなずき、逆に質問した。

「坂巻さんは、その宝石……『一万年愛す』について何か心当たりがおありなんでしょうか」

「いえいえ、残念ながら、私は初耳です」

……ただ、そんなものが存在するとすれば、なんと言いますか、傍目《はため》には仲の良い家族に見えても、何かきな臭いことが起こるような気がしてくるから不思議だなぁと思いましてね。

「それは坂巻さんの直感ですか？」

遠刈田はたずねた。

「いえいえ。私の直感ならまったく逆ですよ。そんな宝石があったところで、ここの家族の絆《きずな》は揺らがない。そんな気がします」

「では、やはり、これまでの一連のことは梅田翁本人が仕組んだことだと？」

「自分の直感を信じるなら、そうでしょうな」

「では、梅田翁はすでに……」

亡くなったと言おうか、海に身を投げたと言おうか、遠刈田が言い淀《よど》んでいると、

「いや、そちらもまだ、私には到底信じられないんですよ」

と、先に坂巻が答える。

……きっと、一雄さんたちご家族も一緒なんじゃないでしょうか。

いや、もしかすると、清子さんたちも、そう感じているんじゃないかな。

これはもうなんと言えばいいのか、肌感覚とでも言うんでしょうか、自分たちの知っている梅田翁がそんなことをするはずがないという……。

坂巻にそう言われ、遠刈田はダイニングの方へ目を向けた。

坂巻の言う通りである。

そういう感覚でいるからこそ、ああも落ち着いてレモンケーキなどを口に運んでいられるのであろう。

「とするとですよ」

遠刈田は少し坂巻に近寄った。

……これが梅田翁の意思だとすれば、彼は、私たちに自分の過去を探れ、と言っているわけですよね。

そこに「一万年愛す」というお前たちが探しているものがあると。

「まあ、そういうことになりますね」

「そこで坂巻さんに質問なんですが、梅田翁がいう『私の過去』というのがどこのことなのか、坂巻さんなら、どうお考えになりますか?」

「いや、実は私も、そのことをずっと考えていたんですよ。米寿という内々の祝い事に、家族ではない私が呼ばれた。その理由があるんじゃないかと」

さすが元敏腕警部である。

「坂巻さんと梅田翁がつながる過去といえば、あれしかありませんよね」

遠刈田の質問に、

「でしょうな」

と、坂巻もうなずく。

「ダイニングに戻って、皆さんの前で、当時のことを詳しく話してもらえませんか」

……皆さん、もちろんすでにご存じの話だとは思いますが、改めて詳細を聞くうちに何かと繋がるかもしれませんし。

遠刈田の提案を坂巻は受け入れた。

二人はダイニングに戻ると、早速、外で交わした会話を皆に伝えた。

今回の祝いに、家族以外の者で坂巻が呼ばれた理由があるはずだ、というところで、皆も俄然《がぜん》前のめりになる。

もちろん例の事件については、家族の者たちは梅田翁から何度となく聞かされているので知らない話ではない。

おそらく容疑者として疑われたが、面白おかしく書き立てたマスコミと裁判沙汰《ざた》を起こした武勇伝としてである。

そして実際、それ以上でも以下でもないことは、こうやって坂巻との関係が続いていることが証明している。

だが、もし、実はそれ以上の「何か」があったとすれば、今回の一連の騒動の末に、その「何か」を梅田翁は家族に告白しようとしているとも考えられる。

とすれば、ここまでのかなり芝居じみた仕掛けにも、俄然妥当性が出てくるのである。

「では、当時のお話をお願いします」

遠刈田は少し畏《かしこ》まって坂巻に場を譲った。

7

「多摩ニュータウン主婦失踪《しっそう》事件」

当時センセーショナルに伝えられたこの事件のことを未《いま》だに覚えている人が、さて、どれほどいるであろうか。

事件の発端は四十五年前の一九七八年、多摩ニュータウンの団地に暮らしていた四十代の主婦、藤谷詩子《ふじたにうたこ》が、普段通りに近所のスーパーに買い物に出かけたまま姿を消したことである。

あの年の東京は、温暖化の進んだ昨今の夏を思わせるような苛烈《かれつ》な真夏日が続いていた。

当時、多摩地区に新設されたばかりの多摩南警察署の真っ白いコンクリート壁も、強い夏日にギラギラと輝いていた。

この夏のことを思い出すと、まず坂巻の脳裏に浮かんでくるのが、多摩南署の真っ白なコンクリート壁と、聞き込みの最中、あまりの暑さに一日に何本も食べたソーダバーの甘ったるい味である。

事件当時の藤谷詩子の足取りは、次のようなものであった。

午前六時すぎ、共同ゴミ捨て場で生ゴミを捨てる。

この際、同団地の主婦Sと、化粧品の訪問販売員Nの話になり、その日の午後にSのところにNが来た折には自分の家にも寄ってくれるようにと詩子は頼んでいる。

その後、六時半すぎに夫の藤谷浩太郎《こうたろう》が出勤。

一時間半後の八時前には、御徒町《おかちまち》にある勤務先の布団卸売り問屋に到着する。

この午前中、詩子の家では、ベランダの洗濯機が回っており、掃除機をかける音なども、隣室の主婦Cが聞いている。

ちなみにその後、洗濯物はベランダに干され、さらに畳まれて、その夜、夫の浩太郎が帰宅した際には六畳間の隅に重ねられた状態で残っていた。

午後二時半ごろ、化粧品の訪問販売員Nが詩子の家を訪れている。

詩子はお茶と水羊羹《みずようかん》を出し、いつもの乳液や化粧水など一セットを買う。小一時間でNは帰る。

「本当に特にいつもと違うところはありませんでした」

Nは証言する。

……自転車のチェーンが外れていて、旦那《だんな》さんに直してもらうのを忘れていたので、今日はスーパーまで歩いて行かなきゃいけないのよ、なんて話をしていて、今思うと、もし自転車に乗っていれば、今回のような事故か事件に巻き込まれなくても済んだんじゃないかと未だにふと思うんです。どうして、あのとき、チェーンくらいなら私が直してあげますよって言わなかったんだろうって。

Nに告げた通り、その一時間後の午後四時半すぎ、詩子は歩いてスーパーに向かう。

その姿を団地の広場で子どもに水遊びをさせていた二人の主婦が目撃している。

詩子が暮らす団地からスーパーまでの距離は約一・三キロ。

多少起伏のある道だが、女性の足でも二十分程度である。

ちなみに団地からスーパーまではバス通りとなる。

平日の午後、決して人や車の往来が多い道とは言えないが、それでも目撃者もなく、一人の人間がそこから消えてしまったとすれば、よほどタイミングが悪かったとしか言いようがない。

以上が、詩子失踪当日の足取りである。

補足すれば、自宅の台所には夕食用にタレ漬けされた鶏肉《とりにく》があった。

要するに、詩子が本人の意思で失踪したと考えるには、あまりにも状況に違和感があるのである。

さらに坂巻ら警察の調べが進むうちに、驚くべき情報が寄せられた。

事件の前年、詩子が膵臓《すいぞう》がんを発症し、余命一年の宣告を受けていたことである。

これは報道で事件を知った彼女のかかりつけの医師からの通報だったのだが、

「病気が病気でしたので、まずは旦那さんにご説明しようと思ったのですが、藤谷詩子さんはとても勘の良い方で、

『先生、おっしゃってください。私ならもう覚悟ができてます。私の夫というのは、とてもやさしい人で、やさしすぎるところがあるくらいの人ですから、きっと私よりもショックを受けると思うんです。ですから先生、夫には内緒でお願いできませんでしょうか。あの人を悲しませたくないんです』

と、おっしゃられまして、結局、私の口からご本人に告知した次第であります」

実際、夫の浩太郎は、詩子が余命宣告を受けていることを事件が起こるまでまったく知らなかった。

坂巻にこの事実を告げられた浩太郎は、しばし絶句したあと、

「でも、それが、うちの詩子がとつぜんいなくなった理由になり得るでしょうか?」

と、さらに混乱した。

実際、なり得ない。というのが、坂巻ら捜査班の考えでもあった。

とつぜん人間が自分の人生に悲観するということは考えられないことではない。だが、万が一スーパーへ向かう途中にそういう気持ちになったとしても、そこから先への足取りが必ず出てくるはずである。

たとえば駅へ向かう。たとえばバスに乗る。

しかし、どんなに坂巻たちが炎天下で汗だくになり、ソーダバーを何本もかじりながら聞き込みを続けても、そのような目撃情報が一つも出てこないのである。

逆にまるで汗腺《かんせん》がバカになったように汗をかけばかくほど、ソーダバーが口のなかで溶ければ溶けるほど、藤谷詩子がスーパーまでのどこかの地点でふいに消えたとしか言えない状況ばかりが積み上がってくるのだ。

汗だくで聞き込みを続ける坂巻たちの姿に、そのうち団地の主婦たちも徐々に心を開くようになる。

同じ団地に住む自分と同じ専業主婦がとつぜん姿を消したのである。明日は我が身と不安になって当然である。

当初の聞き込みでは、一般的な近所付き合いのなかで、どちらかといえば藤谷詩子は、皆に好感を持たれているイメージであった。

団地に引っ越してきて以来、期間は短かったが、婦人会の行事にも参加し、急用で埼玉の実家へ戻らなければならなくなった主婦仲間の幼子を詩子がしばらく預かったこともあるという。

ちなみに詩子自身には子がいなかった。

この辺りの話から、近所の主婦たちの口はさらに軽くなっていく。

（ニュースを見て、一番驚いたのは藤谷さんの奥さんの年齢なんですよ）

（私もなんですよ）

（旦那さんがまだお若かったから、きっと少し姉さん女房なんでしょうね、くらいのことは思ってましたけど……）

（まさかひと回り以上も年上だったなんて）

（ねえ、びっくりよ）

（でも、藤谷さんの奥さん、若く見えましたもんね。せいぜい三十五、六）

（まあ、お子さんがいらっしゃらないのは、いろんな事情もありますしね）

実際、坂巻たちが失踪当時の詩子の写真を確認しても、団地の主婦たちが口を揃えるように、彼女は実年齢よりかなり若く見え、さらに言えば、したたるような、としか言いようのない色香があった。

ちなみに、詩子は浩太郎と結婚する前、鶯谷《うぐいすだに》の日本料理屋「うたい」で仲居として働いていた。

この「うたい」の店主によれば、詩子目当てに浩太郎が店に通いつめ、当初は年の差のことなどもあって、詩子はその思いを受け止めきれずにいたのだが、結局、浩太郎の熱意に負けるような形で、結婚を決意したという。

四十をとうに過ぎてからの結婚。

ちなみに浩太郎と籍を入れる前に婚姻歴はない。当時にしては、かなり晩婚である。

坂巻たちはさらにその前の詩子の経歴を探った。

しかし浩太郎にたずねても、

「僕も『うたい』で会ったのが初めてで、その前のことはよく知らないんです」

と、口が重い。

夫婦なのだから、その辺の話は当然するでしょう。

と、坂巻たちが執拗《しつよう》に迫ると、

「もちろん、たずねたことはあります」

と、浩太郎も重い口を開く。

……どこか田舎の出身なんですよ。

でも、その田舎がどこかも教えてくれませんでした。

とにかくその田舎で嫌な思いをして、東京に逃げてきた。

逃げてきてからは、「うたい」のような店を転々としながら細々と暮らしてきたそうです。

しかし、この浩太郎の証言には二つの嘘が混じっていることが、その後、証明される。

まずは詩子の出生である。これは戸籍を当たればすぐに判明する。

詩子の本籍は東京の文京区《ぶんきょう》で、父は勝太郎《かつたろう》、母はハツエという。両親ともにすでに鬼籍に入っているが、その死亡日は不明とある。

ただ、これは当時さほど珍しいものではない。

おそらく詩子の両親は、空襲で亡くなったと推測され、戦後の混乱が収まったあとになって、何かしらの用で戸籍謄本が必要となったとき、慌てて詩子もしくは親戚《しんせき》の誰かが申請したのであろう。

ちなみに婚姻届を出しているのだから、浩太郎がこのことを知らなかったはずはない。

そして浩太郎がついたもう一つの嘘が、次の事実である。

ちょうど失踪した詩子の写真が、各種報道で世間に出回り始めたころである。

坂巻たちのもとに一本の驚くべき通報が入る。

先述したが、若くはないがしたたるような色香のある写真である。大きく扱う雑誌も多かった。

「いやー、週刊誌の写真を見て、びっくりしました」

通報してきたのは、Wという男性である。

……この藤谷詩子さんですが、もう五年以上前になりますが、うちで働いていた女性に間違いありません、と。

そしてこのWが当時経営していたのが吉原のソープランド「花籠《はなかご》」だったのである。

……いや、もちろん私どものところで働いていたことと、今回の失踪事件に何か関係あるとは思っておりませんけどね。

それでも何か、お役に立つことがあればと思いましてね。

週刊誌の記事によれば、今ではニュータウンの奥様だっていうんだから、彼女がうちみたいなところで働いていたことを隠していたんでしょうし、もちろん私どもとしても、そんな昔話を他でしゃべるつもりもないんですよ。

でも、何か役に立てばと……。

いやー、なにしろ、いい子だったんですよ。花江《はなえ》さん。

ああ、うちでは、花江と名乗っていたのですがね、まあ、こういう商売ですので、彼女の本名なんかは私も知らないんですよ。

同じ吉原の別の店から移ってきて、うちには五年ほどおりましたかねえ。

まあ、年は食っておりましたが、あの器量でしょ。客付きは良くて、辞めると言われたときにも引き止めたんですよ。

ただ、まあ、若いころには、惚《ほ》れた男に騙《だま》されて、せっかく貯めたお金をぜんぶ持ってかれた、なんて話を酔ってしてたこともありましたけど、それでもまたコツコツ貯めたんでしょう。

店を辞めるときには、心配する私に、一、二年は暮らせるお金はあるから、なんて笑ってましたよ。

ここまででも坂巻たちにはかなりの衝撃的な情報だったのだが、さらにWの話は興味深くなる。

……実は、彼女の旦那、藤谷浩太郎さんね。彼のことも、私ども、よく知っているんですよ。

いや、と言いますのも、もうご本人からお聞きおよびかもしれませんが、浩太郎さんがお勤めになっている布団問屋さんがね、うちの店の出入り業者さんでしてね。

なので、浩太郎さんもよくうちにいらしてましてね。

Wによれば、仕事で店を訪れた浩太郎が詩子に一目惚れしたという。

「そのうち、浩太郎さんが、客としてうちに来るようになりましてね」

……まあ、出入り業者の方とはいえ、男ですし、お金を払えばお客様ですからね。

こちらも来てくれるなとも言えない。でもまあ、当の花江さんには一応確認したんですよ。

「お客に取りづらいんなら、何か理由をつけて断ってあげてもいいよ」って。

でも、花江さん、

「いえ、大丈夫ですよ。へんな客ってわけでもないんですから」って。

まあ、花江さんも自分に惚れ込んでくれる若い男が可愛くもあったんでしょうね。

Wからの情報提供のあと、坂巻たちはすぐに浩太郎に事実を確かめた。

この事実隠蔽《いんぺい》から詩子失踪に関して浩太郎への疑いが深まることも考えられなくはなかったが、

「言いたくなかったんですよ。……あんな店で働いていたなんて、きっと詩子だって、誰にも知られたくなかったはずですから」

と、唇を噛《か》む浩太郎の姿に嘘があるとは思えなかった。

もちろん坂巻たちは、詩子が勤めていたという鶯谷の料理屋「うたい」もたずねている。

店主や同僚の仲居たちの口からすぐに出てきたのは、次のようなもので、「花籠」の主人Wの話とも辻褄《つじつま》が合う。

(浩太郎さんが、詩子さん目当てにしょっちゅう店に来てましたからねぇ)

(最初はほら、年の差もあるから、詩子さんも困ってたみたいだけど)

(ちゃんと断ればいいじゃないって、私たち、言ったんですけどね)

(浩太郎さんの生い立ちに同情したところもあるんでしょ)

(まあ、詩子さん自身もあまり家族には恵まれてなかったみたいだし、いや、何も知りませんけどね。どこか田舎から出てきたのは知ってますけど、彼女も自分では全然話さなかったし)

(浩太郎さんっていうのは、ご両親を早くに亡くされたみたいで、いわゆる親戚中をたらい回しにされて育ったらしいんですよ)

(そんな人に、一緒にいると安心するんだ、なんて言われて、冷たく突っぱねられる女もいません

よ）

（でも、まあ、結局は、あんな若い男にあそこまで惚れられて、詩子さんも嬉《うれ》しかったんでしょうからねぇ）

（浩太郎さんの粘り勝ちですよ）

（でも、最後は詩子さんも嬉しそうでしたよ。所帯を持つかもしれないなんて、ちょっと照れくさそうにしてましたけど）

（すると、どうですか、そんな二人をお祝いするように、あの多摩ニュータウンの入居者募集の抽選に、浩太郎さんが見事当選したって知らせですよ）

（ああ、これで二人はきっと幸せになるんだって、なんだか、私たちまで嬉しかったわよねぇ）

人の口というものはなかなかふせげないものである。

詩子が隠し、浩太郎が守ろうとしたその秘密もまた、いつの間にか世間の格好の餌食《えじき》となる。

詩子が以前吉原で働いていたという記事が出はじめると、団地の主婦仲間たちから出てくる話の色合いが少し濁りはじめた。

そのころにはすでに詩子を知る団地の主婦仲間と坂巻は顔見知りを超えた関係になっており、主婦仲間たちも早く事件を解決させてほしいという強い思いもあったのだろう。

仲間を代表してきたという主婦二人が、坂巻が勤務する多摩南署にわざわざやってきたのである。

「他人の家のなかのことは、外からは決して分かりませんからね。これから私たちがお話しすることも、私たちの推測でしかないんですが……」

そうやって彼女たちは詩子と浩太郎夫婦について語りはじめた。

……私は、一応、婦人会の会長をやっておりますのでね、ちょっとした相談事なんかを受けることがあるんですよ。

刑事さんもご存じのMさんの奥さん。藤谷さんのお隣の方ですけどね。

このMさんが、どうも詩子さんが旦那さんから暴力を振るわれているようだって、そんな相談を受けたことがあるんですよ。

この婦人会会長の話は次のように続く。

Mさんから相談を受けた彼女は、遠回しに詩子にたずねたそうだ。

実はうちの旦那も昔は酒癖が悪く、酔うと私を足蹴《あしげ》にしたことがあったと。

私はすぐに実家に逃げ帰ったんだけど、すると、旦那は菓子折り持って、慌てて謝りにきたのよ、と。

冗談っぽく話をしたのがよかったのか、詩子も実はときどき浩太郎が荒れるときがあると正直に答えたらしい。

「いえ、でもね、うちの、ちょっと年下で甘えてるところがあるんです。ただ、それだけのことで、何も私が憎くてやってるわけじゃないんですよ」

詩子が浩太郎から暴力を受けていたのは事実であったようだ。

あるときなど、目の横に青タンをつくった詩子を心配した主婦仲間が声をかけたこともあるのだが、

「お恥ずかしい話よ。自転車で転んじゃって。顔からガードレールに突っ込んじゃったのよ」

と、詩子は嘘をつく。

なぜ嘘かといえば、その前の晩、隣室の主婦Mが怒鳴り散らす浩太郎の声と、許しを乞《こ》う詩子の声をはっきりと耳にしているのである。

もちろん坂巻たちは、この点についても浩太郎を厳しく尋問した。

浩太郎が自身の暴力を全面的に認めることはなかったが、仕事に疲れて機嫌が悪いときなど、悪酔いしてそういう振る舞いをしたことがあったかもしれないとは口にした。

「自分が中学も出てない人間ですから、会社で大学出の新入りの社員なんかと話した日なんか、ちょっとしたことでイライラしてしまったり、そんなことはありましたよ」と。

しかし当時はまた、酒に酔って妻に暴力を振るう夫というものがそう珍しくもなかった時代である。

詩子が夫の暴力に耐えかねて家出したという推察ができないでもないが、それでもやはり、となると、団地からスーパーへ向かったその後の、バスなり電車なりの目撃情報が出てこないとおかしいのである。

8

さて、坂巻たちの捜査がいよいよ行き詰まってきたころである。

失踪《しっそう》当日ではないにしろ、詩子らしき女性と、とある男性が、赤坂《あかさか》の高層ホテルの喫茶室で会っていたという情報が寄せられた。

情報を寄せてくれたのは、当時オープンして間もなかったこのタワーホテルの喫茶室に勤務していたウェイトレスYである。

Yは一度ではなく、二度、詩子らしき女性と、その紳士が、同店舗で会っていたと証言した。

「とにかく東京が一望できる人気店ですから、朝から晩まで目の回るような忙しさなんです。でも、この二人のお客さんだけは、はっきりと記憶に残っているんです」

というのも、Yが初めてこの二人を見かけたとき、印象的だったことがあった。

……まず、一つ目が、方言なんです。男性の方が筑豊弁《ちくほう》だったんです。

ちなみにYも福岡の筑豊出身である。

……ただ、私なんか生まれも育ちも筑豊だった者からすると、その男性の筑豊弁は少し違和感があって、たとえば転校生がだんだん土地の言葉に慣れてしゃべっているような、そんな感じでした。

……なので、声はかけなかったんです。

もし、その男性の訛《なま》りが完璧《かんぺき》な筑豊弁だったら、私も筑豊なんです、と、声をかけていたかもしれませんが、どこか違う地区の方言なのかもしれないとも思いましたので。

Yが初めてこの二人を見かけたとき、印象的だったことの二つ目が、二人が多摩ニュータウンの話をしていたことである。

Yは結婚したら多摩ニュータウンで暮らしたいという夢があったのだ。

Yによれば、二人は幼馴染《おさななじみ》のようだったという。久しぶりの再会の時間を惜しむように楽しんでいる様子でもあった。

ちなみに男性の方が年上に見えた。

というのも、普段からこのような高級ホテルを使い慣れているような貫禄《かんろく》があり、なにより仕立ての良いスーツがよく似合っていたからだ。

その後、Yはこの二人を同店で、もう一度見かけることになる。

ただ、初回とは違い、二人が座っていたのは、Yが担当するテーブルではなかった。

Yにとって、この二人が鮮明な記憶として残っている三つ目の理由が、いよいよ梅田壮吾とつながってくるのである。

「お二人を見かけた、まさにその日なんです」

Yはまるで奇跡でも体験したように興奮気味に坂巻らに告げた。

……その日のお昼休みに、ホテルの休憩室にある新聞を読んでいたんです。

そうしたら、九州の「梅田丸百貨店」の若き創業者を紹介する記事があって、そこにさっき店で見た男性が写っていたんです。

私も九州出身なのでお正月やお盆に里帰りすると、甥《おい》っ子や姪《めい》っ子を連れて、よく梅田丸百貨店には行っていました。

そのデパートが新聞で大々的に報じられているのも誇らしかったですし、なによりその創業者がさっきまで店にいたんですよ。

もちろん最初は、他人の空似かとも思いました。

でも、写真を見れば見るほど、その仕草も笑い方も似ている。

それに何より実際に見たあの男性が、とても紳士的で、九州の若きデパート王と呼ばれるに相応《ふさわ》しく思えたんです。

Yからの情報を得ると、坂巻たちはすぐに新聞記事を調べた。

梅田壮吾を紹介する記事はすぐに見つかった。とすれば、二人がYの勤務する喫茶室に来たのは、おおよそ詩子が謎の失踪を遂げる四ヶ月ほど前であることが分かった。

あいにくYが初めて二人を見かけた日までは特定できなかったが、Yの記憶によれば、およそ二週間ほど前となる。

とすれば、ひと月の間に二人は二度も同じ喫茶室で会っていたことになる。

当然ホテルの廊下には防犯カメラがあるのだが二人の姿は映っておらず、喫茶室にはまだ防犯カメラ自体の設置がなかった。

早速、坂巻たちは福岡の梅田壮吾の元へ飛んだ。

当時、壮吾は福岡天神にある「梅田丸百貨店本店」に構えた社長室でその斬新《ざんしん》な経営手腕を振っており、自邸はこの本店から車で十分ほど離れた大濠《おおほり》公園近くの高級住宅街にあった。

坂巻たちが訪ねたのは、本店の応接室である。

長く待たされたあとに、やっと秘書に通された社長室にいた梅田壮吾の印象を、坂巻ははっきりと覚えている。

赤坂の高層ホテルのウェイトレスは、壮吾は紳士的で、貫禄があり、若きデパート王然としていたと証言したが、坂巻の印象は少し違った。

まるで野生動物。

それもちょっとでもこちらが油断すれば、今にも首に食らいついてくるような獰猛《どうもう》さがその目の奥にあったのだ。

それでも東京からやってきた坂巻たちを迎える壮吾の口調は穏やかだった。

「どんなご用件でしょうか?」

坂巻らを迎えると、壮吾はまずそうたずね、

「もしも、会社の税務や経営に関することであれば、担当の者も呼んでおきますが」

と、余裕を見せた。

坂巻はまず二人が目撃された赤坂の高層ホテルに行ったことはあるかとたずねた。

すでにホテル側に確認をとり、壮吾や梅田丸百貨店の関係者が、これまでに当ホテルでの宿泊、会食等々の予約がないことは捜査済みだった。

「ホテルの名前なら知ってますが」

壮吾はそう答えた。

次に、坂巻らは詩子の写真を見せた。

「この女性に見覚えはありませんか」と。

壮吾はかなり時間をかけて写真を見つめたあと、

「ああ」

と声をもらした。

ただ、次に出てきたのは、

「たしか、東京で失踪したという主婦の方ですよね」

という平凡なものだった。

「では、ご存じない？」

「ええ、それ以上のことは」

壮吾はとても落ち着いていた。

もしもその後、何年にもわたって、坂巻が壮吾犯人説に固執してしまった理由があるとすれば、このとき壮吾が見せた不自然なまでの落ち着き方だったのかもしれない。

そのまま容疑を伏せて尋問を続けるには無理があった。

坂巻らは、壮吾と詩子が会っていたという目撃情報があることを伝えた。

その上でその両日に壮吾がどこで何をしていたのかを教えてほしいと率直に頼んだ。

壮吾はいたって協力的だった。

まず電話で秘書を呼び、その際、「経理部長と総務部長に仕事に戻っていいと伝えてくれ」という伝言もした。

本気で経営上の何かで、坂巻たち東京の刑事がたずねてきたのだと推測していたようだった。

多忙な若きデパート王のスケジュールは、驚くほど正確に秘書によって管理されていた。

まず、壮吾らしき男性と詩子が赤坂のホテルで会っていたと思われる時期、壮吾は一度だけ東京に出張している。

期間は四泊五日で、出張用件は二つ。

一つが地元福岡銀行が新設した東京支店のオープン記念祝賀会への参加と、当役員たちとの静岡・川奈《かわな》でのゴルフコンペ参加。

そしてもう一つが、梅田丸百貨店の東京進出の可能性を探る投資会社との打ち合わせである。

東京でのスケジュールもかなりタイトなもので、いわゆる朝から晩まで、分刻みで予定が入っている。

ただ、このときの出張が普段と違っていたことが一つだけあった。

普段は同行する秘書を連れずに、壮吾一人だけが東京へ向かっているのである。

その理由は、当秘書が虫垂炎で緊急入院したためである。

そこで祝賀会とゴルフと会談だけであれば、無理に新人秘書を連れていく方が足手まといになるからという壮吾の判断だった。

この出張時期と、喫茶室のウェイトレスが初めて二人を見かけたと思われる日時が重なっていないとも言えなかった。

さらに、出張先の東京でのスケジュールは過密ではあったが、午後に小一時間、詩子と会う時間が取れなかったというわけでもない。

実際、予定と予定の間に二時間ほどぽっかりと空いている日が二日あり、この時間帯と赤坂の喫茶室での目撃時間は合致した。

ただ、問題は、はっきりと日付の分かっている二度目の日時と、一番肝心な詩子失踪の日である。

まず、壮吾の記事が新聞に掲載された二度目の日だが、この日、壮吾は福岡にいる。

ただし、壮吾には珍しく体調を崩しており、一日中自宅で休養をとっていた。

壮吾は風邪など引いて体調が悪くなると、薬と大量のビタミン剤を飲み、カーテンを引いた真っ暗な部屋のベッドで、一日中、食事もとらずに大の字になって寝て治すという習慣があり、実際、この養生方法で、翌朝になると、いつもケロッとして起き出してくるらしかった。

ちなみに二度目に目撃された日も、壮吾は同じことをやっていたと証言した。

こういう日は家政婦も遠慮して、二階の寝室へは一度も上がらなかったのだが、もちろん壮吾が外出したという記憶はない。

そして最後が、いよいよ詩子失踪の日となる。

この日は、偶然にも壮吾の一人息子、一雄の十歳の誕生日であった。

二人は福岡近郊にある黒沢《くろさわ》渓谷へ二泊三日のキャンプに出かけている。

当然、息子の一雄もはっきりとこのときのことを覚えていた。

十歳になったばかりの実の息子の証言ということで、アリバイとしては弱いのだが、その脆弱《ぜいじゃく》さが逆にその強度を強めることもある。

二人でよくキャンプに行くという黒沢渓谷は、キャンプ場施設があるような場所ではない。周囲三キロ四方には民家もない山奥である。

その分、静かで川も美しいのだが、もし壮吾がこの日に上京していたとすれば、そんな場所に幼い息子をたった一人で二泊もさせていたことになるのだ。

ここまで捜査をして、坂巻らはいったん東京へ戻った。

疑おうと思えば、すべて疑えた。

赤坂のホテルでの目撃情報の一度目の日時、大まかではあるが壮吾は東京にいた可能性がある。二度目の日時には、体調を崩して福岡にいたとされるが、これも証言できるのは家政婦だけであり、さらに当時開通してまだ間もない東京―博多《はかた》間の新幹線を使えば、片道七時間として、日帰りできない距離でもない。

さらに詩子失踪当日においても、壮吾が息子に嘘をつかせている可能性が１００％ないとは言い切れない。

坂巻たち捜査陣は、祈るような気持ちでこれらの可能性を熟考した。

しかし、そのために壮吾本人の経歴を調べれば調べるほど、藤谷詩子との間に何一つとして接点が浮かんでこないのである。

唯一、可能性があるとすれば、詩子が遊郭で働いていた時代に、壮吾が彼女の客であったという推測だが、たとえそうだったとしても、すでにその商売から足を洗って何年も経ち、さらには別の男と籍まで入れている詩子に、立派な社会的立場もある壮吾が、今さらどのような用があるというのか。

その一点だけでも、坂巻ら捜査員が納得できそうな動機は出てこなかったのである。さらに、そもそも戸籍によれば、藤谷詩子は東京生まれの東京育ち。

片や、梅田壮吾には、次のような経歴がある。

戦中に生まれ、終戦後は呉服問屋の下働きから身を起こした苦労人である、という例のサクセスストーリーである。

その後、若くに独立して「梅田丸百貨店」の前身となるスーパーマーケットを佐賀市内で成功させると、独特な流通システムと独特な顧客主義で年々事業を拡大させ、わずか十年で福岡の一等地・天神に梅田丸百貨店を開業させている。

さて、では、そもそも彼の出生に関してはどうかというと、この「梅田丸」という名称に関係してくる。

福岡は八幡《やはた》に「梅田回漕店《かいそう》」という、今でいう港湾運送業を営んでいた家があり、壮吾はここの次男として誕生しているのである。

この梅田回漕店は、主に瀬戸内海《せとないかい》への物資の運搬をやっていたのだが、決して大きな回漕問屋ではなく、所有する船も梅田丸という中型の運搬船が一艘《そう》だけの零細企業である。

ただ、十数人の従業員を抱える親方商売であったのは間違いなく、生まれて間も無く病気で亡くなったという長男に代わり、次男の壮吾が大切に育てられていたことは間違いない。

しかし、戦争で一変する。

まず、船乗りたちが次々に兵隊に取られ、その後、唯一の所有船であった梅田丸も、軍用として接収されてしまうと、わずか半年後に米国駆逐艦の砲撃によって下関《しものせき》沖で沈没してしまうのである。

さらに八幡を襲ったB29の空襲で、壮吾は両親と二人の妹、さらに生まれ育った家までも失っている。

終戦後、幼い壮吾は佐賀で一人暮らしをしていた母方の祖母を頼るが、満州《まんしゅう》に一族で渡っていた父方の親戚《しんせき》筋からの連絡は途絶え、そのうち祖母が亡くなると、十三歳で天涯孤独の身となり、佐賀市内の呉服問屋に下働きとして身を置くのである。

身寄りのない壮吾ではあったが、幸いこの呉服問屋の主人が「梅田回漕店」と取引があった。あるとき、この主人が不渡手形を出しそうになった際、壮吾の父親がその期日を待ってくれたという恩があったそうである。

あの人の忘れ形見ならば、と、壮吾を引き取った呉服問屋の主人が、下働きの身ながら、それこそ算盤《そろばん》の弾《はじ》き方から、経営のイロハまでを、壮吾に教え込み、何かと目をかけてやったことが、のちの彼の大成功へと繋《つな》がっていくのである。

もちろん壮吾の方でも、この恩は終生忘れておらず、梅田丸百貨店で売られる呉服はすべて、この佐賀の呉服問屋を通して仕入れたものであった。

以上のことでも分かるように、壮吾は戦争によって何もかもを奪われた当時の不幸な子どもの一人であったのである。

ただ、そのなかでも比較的に幸運な道を歩んでこられたのは、壮吾を生み育てた両親の人徳あってのことであろう。

さて、ここまで話してきても、壮吾と詩子の間に接点がないことは明らかである。

二人が生まれ育ったのは、九州と東京。

さらに壮吾には東京に親戚筋はなく、逆に詩子側にも九州に縁があるという情報は出てこない。

となると、二人に接点があったとすれば、やはり一番可能性が高いと思われるのが、詩子のいた遊郭になるのである。

当然、坂巻たちは詩子が働いていた「花籠」でも捜査を行った。

この手の店には、恐ろしく記憶力のいいやり手ババアがいるのが常だが、やはり「花籠」にもそんな女性がいた。

「一回こっきりの客なら、自信はありませんけどね。二度、三度、花江さんのところに通っていた客の中には、この男はおりませんね。それは自信を持って申しあげられますよ」

さらに詩子がそれ以前に働いていた店も「花籠」の主人の尽力で突き止められたのだが、こちらでも壮吾を覚えている者はおらず、さらに詩子がこの店を辞めた理由も、特に問題があったわけではなく、店の規模縮小でとうが立った者から順番に辞めてもらっただけという冷たい応対だった。

坂巻らの捜査は、いよいよ進む道を失っていた。

実は当時、ある捜査会議で坂巻は次のような発言をした。

「現在のところ、何の根拠もありませんが、私は梅田壮吾が、この事件に関わっていることを信じて疑いません」と。

上司にその理由をたずねられ、坂巻は答える。

「それは私にも本当に分からないんです」

坂巻は失笑の中、頭を掻《か》いた。

……いや、でも、二人のことを調べれば調べるほど、二人からは同じにおいがするんです。

それがどんなにおいなのかも分かりません。しかし、同じにおいがするんです。

もちろん、そんな刑事の直感だけで近代的な警察組織が動くはずもない。

「九州の若きデパート王に、主婦失踪事件の嫌疑?」

というすっぱ抜き記事が、ある週刊誌に出たのはちょうどそのころである。

捜査関係者からもれてきた話として、梅田壮吾が重要参考人として捜査上に挙がっていることがセンセーショナルに伝えられたのである。

この第一報を追うように、翌週にはいくつかの雑誌が事件の特集を組んだ。

失踪した主婦が吉原で働いていたというセンセーショナルな情報のあと、なかなか続報がなく、一時下火になりかけていた報道には、まさに薪《まき》をくべるような新情報であった。

当然、世間は沸き立ったが、壮吾は冷静に手を打った。

自分のことを記事にした新聞社や出版社を即座に名誉毀損《きそん》で訴えたのである。

結局、壮吾に対する坂巻らの捜査も手詰まりとなる。自然、過熱報道も鎮火していく。

もちろんその後も坂巻らの必死の捜査は続いた。

多摩南署ができて以来の全国的注目を浴びた事件である。迷宮入りなどさせられなかった。

しかし探れば探るほど、もれ伝わってくるのは、詩子の夫、浩太郎の酒癖の悪さと、彼女への過剰な暴力の実態。

その内容は、浩太郎が犯人ならば、と願う刑事さえ出てくるほどだった。

しかし、浩太郎には完璧なアリバイがあった。

仮に共犯者があったとしても、そこまでして詩子をこれまで以上に傷つける動機も浮かんでこないのである。

9

気がつけば、窓の外は身の危険を感じるような暴風雨となっていた。

窓を叩《たた》く風はいよいよ激しく、大型台風がすぐそこまで来ているのがはっきりと分かる。

坂巻の話が終わった途端、遠刈田たちの耳に岸壁に打ちつける波の音が大きく響く。

誰もが坂巻の話に聞き入っており、すっかり薄暗くなった室内に慌てて清子が明かりを点けて回る。

外は真っ暗だったが、まだ午後の四時を回ったばかりである。

「その事件について、聞いたことはありましたけど、改めてうかがうと、その藤谷詩子さんという女性が、なんというか、とても生々しく感じられますね」

まず口を開いたのは、豊大である。

他の梅田家の人々も、豊大とほぼ同じような感想を抱いたようで、次に口を開いた葉子は、

「言ってしまえば、お義父《とう》さんとも、この梅田家ともなんの関係もなかった女性だけれども、それでもなんというか、他人事《ひとごと》には思えなくなるのはどうしてなのかしらね」

と、声を沈ませる。

清子が部屋中の明かりを点《つ》け終わると、遠刈田は立ち上がった。

「皆さん」

そして、その場の雰囲気を変えるように呼びかけた。

……「一万年愛すは、私の過去に置いてある。」と梅田翁は書いています。

さて、私たちは、梅田翁が書いたこの「過去」という場所が「多摩ニュータウン主婦失踪《しっそう》事件」のことではないかという推測で、今、坂巻元警部に事件の詳細をお話しいただいたわけです。

そこで、おたずねしたいのですが、今、梅田家の方々は改めて、その他の方はおそらく初めてお聞きになった話かとも思うのですが、坂巻さんの話を聞いて、何か思い出したり、思いついたりしたことがある方はいらっしゃいませんか？

遠刈田の質問に、皆が顔を見合わせるが、どこからも手は挙がらない。

それでも遠刈田は辛抱強く待った。

まるで誰かの悲鳴のような風の音だけがメインダイニングに響きつづける。

その恐ろしい風音にも慣れたころである。

「あの」

遠慮がちに手を挙げたのは、看護師の宗方である。

「どうぞ」

遠刈田は促した。

「いえ、あの、何か思い出したとか、そういうことじゃないんですが」

そう前置きした宗方が、首を傾げながらつづける。

「旦那《だんな》様が遺言書に書かれた『過去』というのが、もし、今、坂巻さんが話してくださった事件のことだとしますよね」

慎重な話ぶりに、宗方なりの本気度が見える。

……その場合、どう考えても、旦那様は何かを告白しようとしていて、となると、流れとしては、やはりその事件の犯人は旦那様だったという話になっていくと思うんです。

いや、もちろん、もし旦那様が書かれた「過去」というのがその事件のことだとしたらですけど。

実際、宗方の言う通りなのである。

坂巻の話を聞いているあいだ、きっと誰もがずっとそう感じていて、ただその必然性というか、今さら感に首を捻《ひね》っているのである。

「今、宗方さんがおっしゃった通りだと、私も思います」

と、遠刈田は受けた。

……いや、あくまでも、梅田翁が書かれたこの「過去」という場所が、その失踪事件ではないかという私たちの推測が正しければですが。

「でも、他に思い当たる別の『過去』はないわけでしょ？」

葉子が少し急《せ》いて口を挟んでくる。

「ええ、今のところは」

そう冷静に答えた遠刈田に、坂巻が声をかけてきたのはそのときである。

「遠刈田さんは、今の私の話を聞いて、何か気になった点はないんですか」と。

一斉に皆の視線が遠刈田に向けられる。

「私は……」

遠刈田は少し言い淀《よど》んだ。

もちろん大きなひらめきがあったわけではないのだが、小さな違和感はいくつかあったのである。

「では、まず事実確認なのですが」

と、遠刈田は事務的にたずねた。

「……実はこの島に来たときから、ちょっと疑問に思っていたことがあるんです。遠刈田はホールの大階段にある家族の肖像画を指差した。

「あの大きな肖像画です」

「ああ」

「……不躾《ぶしつけ》な質問で恐縮なのですが、あの家族の肖像画には梅田翁の奥様がいらっしゃらない。早くにお亡くなりになられたのでしょうか？

「ああ」

遠刈田の質問に、すぐに反応したのは一雄である。

「……私は、養子なんですよ。父の実子ではないんです」

「え？　養子？」

「ええ。ちなみに父は生涯独身でした」

「え？」

遠刈田は思わず声をもらした。

生涯独身という言葉と、目のまえにいる幸福を絵に描いたような梅田家の人々とが、なかなか結びつかないのである。

「遠刈田さん、すいません。昔から秘密というわけでもなかったので、わざわざ説明する必要もないかと」

話を引き取ったのは豊大である。

……うちの父は、小学生のころに、祖父の養子になったんですよ。

豊大がさらに説明してくれる。

簡単に言えば、当時、父一雄の実父は壮吾専属の運転手だったという。

一雄の実母が、すでに亡くなっていたこともあり、男手一つで子どもを育てるのも大変だろうという壮吾の気遣いから、一雄は学校が終わると、実父が待機している壮吾の自邸に帰宅していた。

壮吾は、「我が家だと思って気楽に過ごせ」と一雄に言ってくれたという。実際、一雄は壮吾の自邸で自由気ままに過ごした。当時の家政婦たちもそんな一雄を可愛がってくれた。

……ですよね、お父さん？

豊大に話をふられた一雄が、

「あ、うん」

と、慌ててうなずく。

だが、その表情はずっとどこか違う場所を見ていたようであった。

……父は、ああ、この場合の父は、運転手をしていた実父ではなくて、梅田壮吾のことですけどね。

父は本当に、私や実父のことを気にかけてくれました。

気を取り直したように一雄が話し出す。

……おかげで、私はあの広い屋敷を本当に自分の家みたいに走り回って、当時のお手伝いさんたちに美味《おい》しいおやつを作ってもらって……。

でも、実の父が亡くなったんですよ。

急な心臓発作でした。元々、心臓が弱かったらしいんです。

一雄の話は続いた。

父の葬儀は、壮吾が心を込めて取り仕切った。

その後、唯一の肉親である父を失った一雄は、児童福祉施設への入所が決まった。しかし、壮吾が養子として引き取ると申し出たのである。

当時、壮吾は独身。さらに一雄とは血縁関係もない。

現在ではとても成立しない養子縁組なのだが、当時はまだその辺りの規則もゆるく、さらに当の引き取り手が「梅田丸百貨店」の若き創業者ともなれば、一雄の将来を案ずる役所としても異を唱える者は出てこない。

その後、一雄が壮吾のもとで、すくすくと育てられたのは、今の一雄を見れば一目瞭然《りょうぜん》である。

「実際、父は厳しくはありましたけれど、本当に我が子のように育ててくれました。それどころか、当時の普通の父親に比べたら、少し甘い方だったかもしれません」

一雄がしみじみとそう語る。

「あの」

遠刈田はこの辺りで声をかけた。

……梅田翁が生涯独身だったのには、なんと言いますか……、何か理由が？

いいえ、もちろん、今ならば、特に不思議でもないのですが、当時のことを思いますと、梅田翁のような立場の方が、ずっと独身だったというのは、ちょっと何か……、違和感がありまして……。

遠刈田の素直な質問に一雄が笑いながら答える。

「女ぎらいってわけじゃないですよ」と。

……実際、博多の色街はもちろん、大阪の北新地《きたしんち》、京都は祇園《ぎおん》、それこそ港々に女がいるような人でしたから。

ただ、見合いやなんか、そういうのは断っていたみたいですねえ。

あるとき、長く付き合っていたらしい祇園の芸妓《げいぎ》さんがうちに遊びにきたことがあるんですよ。

その人がこっそりと私に教えてくれたんですが、あるとき、父がこんなことを言ってたそうです。

「俺はね、子どもってもんが怖くて仕方ないんだよ。ましてや、自分の子どもなんて考えたらゾッとするよ」って。

その芸妓はこう言い返したという。

「子ども相手に商売してはるからどすか?」

「まあ、それもあるね」

「そんなん、考えすぎと違います?」

「まあ、考えすぎなんだろうね。実際、一雄なんかを見ていると、可愛くて仕方ないよ」

芸妓から聞いたこの話を一雄はよく覚えていた。

顔には出さなかったが、とても嬉《うれ》しかったのである。

一雄が養子だったことがあっさりと判明すると、またその場が沈黙に包まれた。

一雄が養子だったとしても、何一つ本題の解決には結びつきそうにないのである。

「あの、坂巻さん」

遠刈田は坂巻に声をかけた。

「……今、一雄さんが、梅田翁は女ぎらいではなかった。もっといえば、港々に女がいるような人だったとおっしゃいましたが、当時の捜査で、そういった女性たちからも話をお聞きになったんでしょうか？」

「ええ、もちろん」

……梅田翁の吉原通いを裏付けるためにも聞き込みをしましたよ。

もちろん梅田翁の関係者全員というわけにはいかなかったでしょうが、それこそ福岡の色街界隈《かいわい》、大阪の北新地、京都祇園に、東京は新橋《しんばし》の芸者まで一通りは話を聞いていたはずです。

ただ、結論としては、どの街から聞こえてくるのも、梅田翁がとてもきれいな金の使い方をする人で、誰もが手本にしてほしいような女遊びをする人だったという話ばかりでした。

ちなみに、梅田翁がどこかで子を持ったという噂は皆無。

花街の話ですから、信じていい情報だと思います。

あと、肝心なことですが、そんな風に遊び歩いていた梅田翁ですが、藤谷詩子が働いていた東京の吉原に通っていたという話が、どこからも出てこなかったんです。

これも蛇の道は蛇で、その手の話がこの界隈から出てこないというのならば、やはり梅田翁は吉原とは縁遠かったと考えるしかないんですよ。

坂巻が話し終えると、またその場に沈黙が流れた。

皆、何をどこからどう考えればよいのか、まったく見当がつかない顔をしている。

「あの、遠刈田さん」

また長引きそうになった沈黙を断ち切ったのは豊大である。

……今の坂巻さんの話を聞いて、他に何か感じたり、気づいたりしたことはないんですか？

まるで一縷《いちる》の望みを託すように、皆の視線がまた一斉に遠刈田に集まる。

「まあ、あると言えばあるんですが……」

遠刈田は曖昧《あいまい》な口調で答えた。

「なんです？」

豊大が性急にたずねてくる。

「え、ええ」

……まあ、偶然と言ってしまえば、偶然なのかもしれません。

いや、そういう時代だったと言ってしまう方が正確かもしれませんが、やけに多いなと思いましてね。

「多い？　と言うと？」

「え、ええ」

遠刈田は胸につかえていた違和感を口にすることにした。

「まずは梅田翁です」

……ご家族を空襲で失っています。

その後、お祖母様《ばあ》の世話になったようですが、そのお祖母様も亡くされている。

次に藤谷詩子さんです。

彼女のご両親のことは話にあまり出てきませんでしたが、おそらくご家族との縁は薄かったのでしょう。

戦後ああいう仕事をされていたことを考えても、身寄りがなかったという推測は間違っていないような気もします。

さらに彼女の夫である浩太郎さんです。この方も、あまり良い旦那さんではなかったようですが、それを別にしても、両親を早くに亡くされて親戚《しんせき》中をたらい回しにされていたという証言がある。

言ってしまえば、この事件の関係者全員が天涯孤独の身の上と言ってもいいんです。

いや、もちろん時代のせいもあるんでしょう。

きっと当時は、このような方が、日本全国に何千何万人といらっしゃったのでしょう。

ただ、ここまでなら私も納得したんです。

でも、なんと今度は一雄さんまでがご両親を亡くされていたという。

となると、やはり多い。

なんと言いますか、不自然なほど多い、というのが私の違和感なんです。

遠刈田は一気呵成《かせい》にそこまで話し終えると、自分の話に相槌《あいづち》でも打つように、

「うん、多いんです」

と、大きくうなずいた。

「まあ、時代のせいというのは間違いなくあるでしょうな」

坂巻が横でうなずいている。

「ええ。それは私も理解はしてるんです」

……いや、実は私、さっきもお話しした通り、実家は名画座で、若いころには役者志望だったこともあって、ちょっと病的なほどの映画オタクなんですね。

基本、古今東西の映画はなんでも観る雑食なんですが、古い邦画も大好きでして、中でもいわゆる社会派ミステリーの名作なんて、セリフを覚えてしまうくらい何度も観ているわけです。

遠刈田の話がとつぜんそれていき、その行方を探るように、皆が遠刈田の方へ身を乗り出してくる。

……坂巻さんのお話を聞きながら、なんとも懐かしいなあという気持ちになったのは、きっとそのころの映画を思い出したからだと思うんですよ。

そうそう。特にほら、真夏の聞き込みの際に、坂巻さんがかじっていたとおっしゃったソーダバーなんて、『砂の器』という映画で、刑事役だった丹波哲郎《たんばてつろう》と森田健作《もりたけんさく》も美味しそうに食べているシーンがありましてね。そんなシーンが蘇《よみがえ》ってきて、聞いてるだけで私の額からも汗が噴き出しそうでした。

あ、いや、ソーダバーじゃなくてウリだったかな。

遠刈田の言葉に、

「あっ」

と、葉子が短い声を上げる。

……実は、私も、坂巻さんのお話を聞きながら思い出していたのは、さっきの三本の映画のことなんですよ。

ほら、さっき私たちが地下のシアタールームで見た三本の映画。

「ということは、お義父さんはわざとあの三本の映画を置きっぱなしにしていたと？」

遠刈田は、なるほど、とばかりに大きくうなずいた。

「ねぇ、ちょっと待ってよ」

だが、ここで口を挟んできたのが乃々華である。

……お母さんたちは、その映画のことを知ってるみたいだけど、私は観たことがないから、何がどう繋《つな》がってるのかぜんぜん分かんない。

口を尖《とが》らせる乃々華の近くでは、やはり映画の内容を知らない若い者たちが深くうなずいている。

10

「ちょっといいかしら」

立ち上がった葉子が、一同を見回す。

そのまま皆がいるダイニングテーブルと窓際とを行ったり来たりし始める。

これまでと少しその雰囲気が違うのは、老眼鏡をかけ、手には手帳と鉛筆を持っているからである。

律儀な性格というか、好奇心旺盛《おうせい》というか、これまでのことを、細かく手帳につけていたらしい。

その様子は、まるで難問を解こうとしている名探偵である。

いや、というよりも、そういう役を演じろと、オーディションで言われた新人俳優の九割がやるような分かりやすい演技なのだが、本人は真剣そのものである。

「シアタールームにあった三本の映画。あの三本の作品について私なりに考えてみたんです」

葉子がその鉛筆の先でトントンと手帳の紙面を叩《たた》く。

……それで、ちょっと気づいたことがあるんです。

「気づいたこととおっしゃると」

と、遠刈田はきいた。

「ええ、この三本の映画なんですけど、どれも同じテーマだと思いません?」

葉子に言われ、遠刈田もすぐに首肯する。

実際、遠刈田も同じことを考えていたのである。

「やっぱり遠刈田さんもお気づきになってた?」

「ええ」

「この三本の映画はすべて、善意が殺人に結びついていくお話なんです」

まるで人生の真理でも見つけたように、葉子が人差し指を立てる。

……まず、『砂の器』です。

これはもう本当に感動的な映画で、最後に加藤剛《かとうごう》が大劇場で弾くピアノ曲なんて、涙なしには聴けなかったですわ。

この加藤剛は、幼いころ、父親と無理やり引き離されるんです。当時は伝染病と誤解されていた病気だった父親と引き裂かれるシーン。ああ、今、思い出しただけでも、あの子役の鋭い目つきが目に浮かびますわ。

葉子がまるで自分が演じたように、その子役の鋭い目つきを真似る。

父一人、息子一人。貧しいながらもお遍路に出て、仲睦《なかむつ》まじく暮らす日々を送っていたんです。

もちろん立ち寄る村々の子どもたちに石をぶつけられたり、いじめ抜かれたりしながらも。

でも、ある村で、いよいよ父親が重篤になって、行き倒れとなる。

その村の心優しい駐在さん、これをあの昭和の名優、緒形拳《おがたけん》が演じていました。

無惨に引き裂かれる父と子の姿があまりに不憫《ふびん》で、彼はこの男の子を引き取って育てようとするんです。でも、男の子は大好きな父親に会いたくて、その家を出ていってしまう。時は流れて、男の子は著名な音楽家として成功している。フィアンセは政治家の娘さん。ただ、この時の加藤剛は、すべてが嘘で塗り固められているんです。どんな嘘か。そこには戦後の混乱期ならではのトリックや幸不幸がちりばめられています。そこにある恩人が訪ねてくる。しかし彼にとってはその人が、今の自分を、やっとの思いで手に入れた今の幸福を奪おうとする恐怖でしかなかったんです。

そこで事件は起こる。

彼は自分の過去を殺してしまうんです。

ここまで一気に話すと、葉子はまるで大役を演じきったように、ドタッと椅子に座り込んだ。

思わず葉子の迫真の演技に見入っていた遠刈田たちも、そこでやっと息をつく。

そして、今度は遠刈田自身が立ち上がった。

まるで葉子からバトンを受け取ったように、葉子に負けじと大役を演じ始める。

「ええ、実は、葉子さんがお気づきになった通りなんですよ」と。

……一緒に置かれていた『飢餓海峡』という映画も、『人間の証明』という映画も、まったく同じ構造なんです。

まずは『飢餓海峡』ですが、あれは三國連太郎《みくにれんたろう》の怪演が有名ですが、さっきも言ったように、左幸子という名女優がいてこその名作なんです。

戦後の混乱期、復員してきたばかりの三國連太郎はある男を殺して大金を手に入れる。その大金を手にして向かったのが、左幸子演じる娼婦《しょうふ》のいる娼家でした。

無精髭《ぶしょうひげ》に汚れきった服や髪。

見るからに貧しい復員兵である彼を、彼女はやさしく迎え入れます。風呂《ふろ》に入れてやり、伸びきった足の爪まで切ってやるのです。そこにはなんの打算もありません。

きっとあったのは、お国のために立派に働いてきてくれた男への思いやりでしょう。

その思いが男にも伝わったのでしょう。男は殺人を犯して得た大金のうちのいくらかを、一宿一飯の恩義として、その女にくれてやるのです。

女は素直に受け取りますが、男が姿を消したあと、その金額に驚愕《きょうがく》します。

女の人生が百八十度変わるような大金だったんです。

それから時は流れます。

かたぎとして暮らしていた女は、ある日、京都の舞鶴《まいづる》を訪れます。あのとき自分の人生を変えてくれた男が、この舞鶴で商売を成功させ、町の名士となっていることを、とある新聞で知ったのです。

女はただ一言、お礼が言いたかった。あなたのおかげで、私は人生を変えられたのだと。しかし、女の訪問は、男にとって脅迫でしかなかった。若い自分が犯した殺人という罪の訪問でしかなかったのです。

ここまで一気に捲《まく》し立てると、遠刈田もまた、葉子と同じようにドタッと椅子に座り込んだ。

まるで自分が今、左幸子の白く細い首に触れたような気分だった。

肩で息をするような二人に、

「あ、あの、『人間の証明』も同じですよね」

と、ふいに声がかかる。

恐る恐るではあるが、そう声をかけてきたのは壁際の椅子に、これまで大人しく座っていた清子である。

皆の視線が一斉に彼女に向けられる。

一瞬、清子はその視線にたじろぎはしたが、何かに憑《つ》かれたように立ち上がった。

……私、『人間の証明』が思い出の映画なんです。

亡くなったうちの夫が、初めて連れて行ってくれた映画が、この映画だったんです。

私たちが暮らす村に映画館なんてありませんから、当時、夫は車で佐世保《させぼ》まで連れてってくれたんです。

とても悲しい映画でしたけど、出てくる女優さんたちがみんな、それはきれいで、出てくる東京の街が、それは華やかで。

映画のあと、私たちはデパートに行って食事をしました。

考えてみれば、あれは梅田丸百貨店のレストランだったんですよね。

さっき地下のシアタールームにあったDVDを見て、すぐにいろんなシーンを思い出しました。

あの映画の主人公は、世界的にも有名なファッションデザイナーの女性でした。

演じていた女優さんの名前を、今、ど忘れしてしまって、どうしても思い出せないんですけど、とても気品のある女優さん……。

「岡田茉莉子《おかだまりこ》さんよ」

すかさず葉子が教える。

そして、

……実は私ね、一度だけ、岡田茉莉子さんと共演したことがあるんです。

今思えば、あれが、女優としては最後まで認めてもらえなかった私の、唯一の自慢なの。

懐かしそうに葉子がつぶやく。

「この『人間の証明』という映画も、母を思う純粋な息子の気持ちが悲劇を引き起こす話ですよね、遠刈田さん」

清子にふいに聞かれ、遠刈田は、

「ええ」

と、うなずいた。

清子が情感たっぷりに話を続ける。

……物語の発端は、赤坂の高級ホテルのエレベーターで、ある黒人青年が殺されたことでした。

この映画では、ある詩の一節がとても重要な役割を果たしていました。

とても美しい詩です。私、今でもまだ暗記しているくらい。

それは、こんな詩でした。

『母さん、僕のあの帽子、どうしたでせうね？

ええ、夏、碓氷《うすい》から霧積《きりづみ》へゆくみちで、谷底へ落としたあの麦わら帽子ですよ。

母さん、あれは好きな帽子でしたよ、僕はあのときずいぶんくやしかった、だけど、いきなり風が吹いてきたもんだから。』

殺された黒人青年は、敗戦後の日本で米兵と日本人女性とのあいだに生まれた混血児だったんです。

戦後、彼は父親とともにアメリカに戻ります。そして、立派に育ち、一目、母に会いたくて、日本へやってくるんです。

母さん、僕のあの帽子、どうしたでせうね？

あの詩が書かれた詩集を持って。

ただ一目、母さんに会いたくて。一度だけ母さんと訪れた思い出の霧積高原の思い出話がしたくて。

でも、すでに大成功を収めていた彼の母親にとって、彼は、いや、彼が口にする美しい詩は、脅迫でしかなかった。そして彼女はその美しい詩を塗りつぶしたんです。

ここまで一気に語り終えると、清子もまた、力尽きたように椅子に座り込んだ。

横にいた宗方がその肩を支えるほどで、メインダイニングは一種異様な雰囲気となっていた。

まるで、葉子と遠刈田、そして清子の三人が、同じ舞台で、同時に別々の芝居を熱演したあとのような興奮と疲れがそこにはあった。

清子の呼吸が整うのを待って、遠刈田は立ち上がった。

「臆測にすぎませんが、きっと今、私たちが感じていることは、同じじゃないかと思うんです」

……もしもあの三本の映画と、今回の梅田翁の失踪《しっそう》に何か繋《つな》がりがあるのならば、きっと梅田翁が私たちに告白しようとしていることは、一つです。

四十五年前、本当は何があったのか、そのことを彼は私たちに伝えようとしているんだと思います。

11

「ちょ、ちょっと待って下さいよ」

一種異様な雰囲気のなか、ふと我に返ったように声を上げたのは、豊大である。

……それじゃまるで、うちのお祖父《じい》さんが、その藤谷詩子さんという女性を殺したと言ってるようなもんじゃありませんか！

なんですか、お母さんまで一緒になって！

いや、僕だって、もちろん遠刈田さんの話までは理解できますよ。

いや、実際にそれに母や清子さんまで乗っかってしまうのもどうかと思いますけどね。

豊大は驚きを超えて、憤慨している様子である。

たった今まで、その三人による三つの映画の熱演がこのメインダイニングで行われていたのである。

「いやいや、もちろん、私たちも梅田翁が真犯人だなんて断定しているわけではないですよ」

未《いま》だ『飢餓海峡』熱演の興奮が収まっていない遠刈田は、顔を赤らめたまま答えた。

「でも、そういうことじゃないですか」

豊大がすぐに食ってかかってくる。

……要するに、その藤谷詩子さんという女性は、うちのお祖父さんが過去に犯したなんらかの罪を知っていた。

それをネタに脅迫したのかもしれない。

いや、今の三つの映画からすると、脅迫ではないんでしょうね、きっと。ただ懐かしくて会いにきたのかもしれない。

でも、うちのお祖父さんにとって、それは脅迫でしかなかった。

だから、うちのお祖父さんは、って話になるわけでしょ？

「いやいや、ですから、私たちもそこまで断定しているわけでは……」

遠刈田は取り繕おうとするが、豊大の興奮は収まらない。

「いや、そもそもですよ」

……その三つの映画にしたって、偶然シアタールームに置いてあっただけかもしれないですよね？

「いや、まったくその通り」

豊大の言い分は正しく、遠刈田はうなずくしかない。

「その前に、うちのお祖父さんが遺言書に書いた『過去』というのが、坂巻さんを呼んでいるからって、その『多摩ニュータウン主婦失踪《しっそう》事件』だと決まったわけでもないでしょ」

……いや、もっと言わせてもらえば、その事件だってもう四十五年も前の話ですよ。

万々が一、うちの祖父が、まあ、真犯人だったとして、今さらどうなるっていうんですか？

すでに時効は成立しているだろうし、当時の関係者だってもうほとんど亡くなっているはずですよ。

遠刈田たちの熱を帯びた映画説明が移ったのか、豊大までが身振り手振りを加えてのかなりの熱演である。

「いいですか。遠刈田さん」

それに自分でも気づいたように、豊大が少し声を落とす。

……今、私たちが知りたいのは、四十五年も前に起きた失踪事件の真相じゃありません。今、ここで、起きていることについてなんです。なぜ、うちの祖父があんな遺書を残して姿を消しているのか、知りたいのはそっちなんですよ。

「いや、ごもっともです」

遠刈田は素直に詫《わ》びた。

「でもよ」

こちらもまだ『砂の器』の熱演を引きずっている葉子が助け舟を出してくれる。

……だったら、豊大、あなたには何かひらめいたことでもあるの？　って話よ。

そう、私たちだけ責められるのも理不尽だわ。

「いや、ひらめきなんて、ないけどさ……」

途端に豊大の勢いが鈍くなるが、そこをぐっと堪《こら》えたように、

……いやいや、だからこそ、こうやってイライラしてるんじゃないか！

と、言い返す。

珍しく親子喧嘩《げんか》に発展しそうな雰囲気に、すっと割り込んできたのが坂巻である。

「あの」

坂巻もまた、あまり自信なさそうに立ち上がる。

……残念ながら、私はその三作品とも観たことがないんですけどね。

いや、というのも、当時は、実生活で犯罪だの殺人だのを扱っていたものですから、余暇くらいはそういうものとは一切関わりたくありませんでね。

ただ、今、葉子さんが話された『砂の器』の内容を聞いていて、ふと思い出したことがあるんですよ。

坂巻の話に、俄然《がぜん》、皆が関心を寄せる。

……その引き裂かれた父子のことですが、引き裂かれる前は、たしかお遍路をしていたとおっしゃいましたよね？

坂巻の質問に、自分の出番とばかりに葉子が立ち上がる。

「ええ、その通りです」

……二人は、暑い夏の日も、凍えるような冬の日も、身を寄せ合って各地を歩いて回るんです。行く先々で、地元の人たちにいじめられ続けるような毎日でも、たまには穏やかな花咲く春の一日もあったんです。

どんなに貧しくて辛《つら》い日々でも、二人が幸せそうに見えるんですよ。それがもう、私なんか涙なしには見ていられなくて。

父と息子、二人が一緒にいられるだけで、世界中の誰よりも幸せなんだと、きっと二人には分かっていたんです。

この辺りで葉子が涙ぐみそうになる。

「え、ええ。そうでしたよね。ご丁寧にありがとうございます」

また始まりそうになった葉子の熱演を、話を進めたい坂巻が断ち切る。

……でね、私がふと思い出したというのは、そのお遍路なんですよ。

私と出会ったころの梅田翁も、たしか、お遍路をしていたような記憶があるんですが。

「ええ、そうですよ」

坂巻のうっすらとした記憶を、すぐに補ったのは一雄である。

……一時期は、熱心にやってましたね。お遍路さんではなくて、正確には修験道。

熱心にやってたときには、何日も山にこもって荒修行なんかもやってましたから。

話を引き取った一雄が続ける。

……さすがに、年をとってからは、険しい霊山に登るようなことはなくなってましたけど。

でも、若いころは、大峯山《おおみね》という霊山がありますでしょう。修験道の聖地みたいなところですが、
あそこにも毎年のように通ってましたし、あ、そうそう、それで言えば、この野良島だって、元は
といえば、その流れから購入したものですからね。

「え？　というのは？」

一雄の話に食いついたのは、遠刈田である。

「ええ。元々は、この隣にあるもっと小さな島を、父は買ったんですよ」

……修験道の修行をするために。

ほら、ここからも見えますよ。あの島です。雪島《ゆき》という名前で、今も父の所有のままです。

一雄が窓の外を指さす。

暴風雨にうねる海の向こうに、霧にけぶった小島が見える。

すぐ、そこである。

雪島を眺める遠刈田に、一雄が説明を続ける。

……この野良島より小さな無人島だったんですが、こっちとは違って、砂浜もありませんから、桟橋も作れないんですよ。

まあ、その不便さが修行にはいいんだ、なんて父は言ってました。

「修験道の修行というと、あの断崖《だんがい》絶壁から真っ逆さまに吊《つ》り下がったり？」

と、さらに遠刈田はたずねた。

「ええ、そうです、そうです」

……ですから、当時はそれこそ手漕《てこ》ぎのボートで島に渡って、断崖を這《は》うように登っていってたみたいですね。

他の者は誰も島に寄せつけないようにして断食なんかしたりして。

まあ、今、思えば、そうやってビジネスの構想なんかを練っていたんでしょうね。そういう話をどこかの雑誌のインタビューでしていましたから。

ただ、さすがに着岸するのが毎回命懸けだし、波が荒いと乗っていったボートが岩礁で破損しますから、結局、その岩場を護岸工事して、小さなボートなら着けられるようにしましたけどね。

「ちなみに、今でも、あの島に梅田翁が渡ることはあったんでしょうか？」

遠刈田は、窓の外、嵐の向こうに浮かぶ小島を指差した。

「ええ。ほぼ毎日です」

そう答えたのは、これまでほぼ無言を貫いていた三上である。

「毎日？」

遠刈田はたずねた。

「ええ、もちろん海が荒れてなければですが、私が、朝の早い時間にボートでお連れして、昼前にお迎えに行くのが日課になってました」

「ちょ、ちょっと待ってくださいよ」

遠刈田は、ならば、梅田翁があの島にいるかもしれないじゃないかと、思ったのである。

しかし、すぐにその思いに気づいたらしい三上が、

「ああ、でも、昨日は無理ですよ。だって、波が」

と答え、さらに加えて、

……それに、ボートがこっちに残ってますし。

まさか泳いでは渡れませんから。

「では、梅田翁は向こうの島でいつも何をなさっていたんですか？」

遠刈田はたずねた。

「島には祠《ほこら》や鳥居もあるんですよ。わざわざ名のある宮大工に作らせた」

答えたのは一雄である。

……ですから、おそらく修験道の修行とまではいかなくても、参拝くらいはしてたんでしょうね。

「一雄さんは渡られたことがあるんですか」

と、遠刈田はたずねた。

「ええ、何度か」

……島のほとんどが、断崖と雑木林なので人が歩けるような所はほとんどないんですけどね。

ただ、島の西側にちょっとだけ開けた場所があって、そこに滝があるんですよ。

高さ、五メートルくらいかな。この滝はきれいでしたよ。

まあ、その滝が気に入って、父はあの島を買ったらしいんですけど、その滝の前に、祠があるんですよ。

最近、行ってないから、あれももう、今じゃ雨風でどうなってることか。

遠刈田は立ち上がると、窓辺に寄った。

暴風雨で視界は悪いが、荒れる海の向こうにぼんやりと雪島が見える。

やはり遠くない。

「あのぉ」

遠刈田は島を見つめたまま、誰にともなく声をかけた。

……あの島に、昨晩、梅田翁が渡ったとは、やはり考えられませんか？

ふり返ると、皆が不思議そうに首を傾げている。

「無理でしょう。さっき三上くんが言ったみたいに、ボートはあるようだし、泳いで渡ったってことですか？」

一雄が笑い飛ばそうとする。

……でも、どうして親父があの島にいると？

遠刈田は嵐に呑《の》み込まれそうな小島から、視線を戻した。

そして、少し自信なさそうにこう告げた。

「笑わないで聞いてくださいね」

……昨晩の米寿の祝いのドレスコードなんですけどね。

ほら、白を着用という。

豊大さんに聞いたところによると、梅田翁はこれまでに一度だってドレスコードなんて言い出したことはなかったそうです。

でも、なぜか今回はそんなことを言い出した。

私はずっと奇妙に思っていたんですよ。

そこで、今、ふと思い出したんです。

修験道者というのは、霊山に入るときは必ず白装束ですよね？

その上、あの島の名前が雪島。

遠刈田の言葉に、

「あ」

と、短い声があちこちでもれる。

「ちなみに、あの白装束にはもちろん意味がありましてね」

遠刈田は続けた。

……あの白という色は、いわゆる死を表しているわけです。

要するに、修験道の修行というのは、擬死再生を体験するものなんですね。

山で修行することによって、一度死んで、また生まれ変わって俗世へ出てくるわけです。

遠刈田の説明は、皆にも届いたらしかった。

皆が嵐の中の小島を見つめている。

「ってことは、今回、祖父が何か白いものを着けてこいってドレスコードを作ったのは、僕たちを
あの島へ呼んでるってことですか？」

性急な豊大の勘ぐりに、遠刈田は即答できず、

「そういう風に考えられなくもないということです」

と、言葉を濁した。

「ちょっと待って」

そこで乃々華が声を上げる。

……だとしたら、やっぱりお祖父ちゃんは生きてるよ！

だって、擬死再生でしょ！

生まれ変わって、出てくるわけでしょ！

お祖父ちゃん、あの島にいるのよ！

しかし、乃々華がそう叫んだ瞬間である。

海の底を払い上げるような大波が立ち、屋敷の窓まで飛沫《しぶき》が飛んできた。

と同時に、轟音《ごうおん》を立てる突風が、屋敷ごとなぎ倒すように叩《たた》きつけてくる。

葉子や清子の悲鳴が上がったのと、どこかでガラスが割れる音が響いたのが同時だった。

まるで屋敷の窓ガラスのすべてが割れてしまったような大きな音で、思わず皆は身を屈《かが》めた。

割れたのは、中庭に通じるホールの大きな一枚ガラスらしかった。

そのホールから、まるで竜巻のような暴風がメインダイニングに吹きつけてきたのはそのときで、ダイニングの長いカーテンを千切るように巻き上げ、さらに次々と椅子をなぎ倒していく。

「みんな、台所に！」

そう叫んだのは、三上だったか豊大だったか、ダイニングを吹き抜ける風に雨まで交じりだす。

皆は濡《ぬ》れた床を這うように台所に避難した。

最後に入ってきた三上がドアを閉めると、耳を塞《ふさ》ぎたくなるような隙間風だけが残る。

狭い台所の床に、皆はうずくまった。

ドアの向こうからはダイニングやホールにある様々な物が、風に倒され、転がっていく音が聞こえてくる。

「ホールのガラスが割れたんだとしたら、もうどうしようもないぞ」

一雄がぼそりとつぶやく。

……ホールと二階を仕切るドアはないし、塞ごうたって、その材料もない。

「でも、ずっとみんなでここにいるわけにもいかないでしょ」

豊大が壁を伝いながら立ち上がる。

……僕がちょっと見てきますよ。

どの程度ガラスが割れてるのか。もしかしたらダイニングのドアで塞げるかもしれませんから。

出て行こうとする豊大に、

「一人じゃ危ないです」

と、三上が無愛想に告げたかと思うと、一緒に出て行こうとする。

その際、ふと三上が足を止めた。

「あの、考えすぎだとは思うんですが」

その場で誰にともなくぼそりとつぶやく。

またホールで何かが割れたらしく甲高い破裂音が響いてくる。

「何が考えすぎだと思うんですか？」

と、遠刈田は三上に水を向けた。

「ええ」

……旦那様《だんなさま》お一人では絶対に不可能だとは思うんですが。いつも島へ行くのに使っているボートもあったと、さっき申し上げましたが、シートを剝《は》がしてまでは確認してません。

遠くから見た様子だと、いつものようにボートにシートがかけられているように見えたんですが、今、皆さんのお話を聞いているうちに、ちょっとそのシートの形に違和感があったような気がして。

「ということは、ボートがないかもしれないと？」

と、遠刈田は急《せ》いた。

……梅田翁がそのボートで向こうの島に渡ったかもしれないと？

「どんなボートなの？」

たずねたのは、乃々華である。

「古いモーターボートです」

「お祖父ちゃんは、そのボートが運転できるの？」

「ええ、免許は持ってらっしゃいますので。昔はいつもご自分で」

……でも、お一人であのボートを出すのは困難ですし、なにしろ、昨日の波ではあんな小さなボートはすぐに転覆……。

そこで三上が言葉を切り、

……とにかく、もう一度、本当にボートがあるか、今から見てきます、と告げる。

三上が台所のドアを開けた途端、湿った風が吹き込んできた。強い風に調理台に並んだ調味料などが散乱する。

台所を飛び出した三上を、

「ちょっと待って」

と、すぐに豊大が追う。

「じゃ、私も」

思わず遠刈田もそのあとを追った。

メインダイニングはすでに雨風でめちゃくちゃになっていた。強風に抗《あらが》うようにして、三人で中腰になりホールへ向かう。

太い桜の枝がホールの床に転がっている。

これが巨大な一枚ガラスを割ったのであろう。

幸い割れたガラスは一枚だけだったが、大きなガラスなので、他にも太い枝や濡れた葉がホールに舞い込み、床はもう足の踏み場もない。

「どうせ傘なんかさしたって無駄だから、このまま行こう」

三上が豊大の背中を押して中庭へ出る。

「ちょ、ちょっと待ってください！」

遠刈田もあとを追った。

叩きつけるような雨の中、中庭の遊歩道から桟橋に向かう。

美しかった遊歩道の花々は、まるで群衆に踏み潰《つぶ》されたようである。

三人は互いに腕を摑《つか》み合うようにして、桟橋への階段を下りた。

足が滑り、急な階段を何度も転がり落ちそうになる。そのたびに他の二人が、必死に腕を摑む。

海は大荒れである。

桟橋を呑み込むほどの高波が、間断なく打ち上がっている。

三人は岩礁にしがみつくように岩場を渡った。

岩場の先に、青いビニールシートが見える。

一応、ロープで縛られているが、強風にバタバタと煽《あお》られて、今にも千切れそうである。

「あ、違う！　ボートじゃない！」

三上が叫んだのはそのときである。

びしょ濡れの三上の口の中にも雨が流れ込んでいく。

三上は乱暴にロープを解《ほど》いた。

解いた瞬間、青いビニールシートが強風に煽られ、曇天の雨空へと舞い上がっていく。

強い雨に打たれながら、三人は立ち尽くした。

豪雨の中、三人が見つめていたのは流木の寄せ集めであった。これが青いビニールに包まれていたものである。

さらに、故意にボートの形に組み上げられているようでもある。

「ボートじゃない……」

誰からともなく、そんな言葉がこぼれる。

三人の背後では、桟橋を呑み込むように高波がうねっていた。

12

「いくら波が穏やかな航路があるからって、こんな嵐の中に船を出すのは危険よ！」

金切り声を上げているのは、全身ずぶ濡《ぬ》れになっている葉子である。

場所はちょっとした戸建て住宅かと見紛《みまが》うような立派なボートハウスの中である。

葉子の周りには、やはりすっかりずぶ濡れになりながら屋敷から集まってきた皆々の姿もある。

桟橋から戻った遠刈田たちは、昨晩、梅田翁が古いモーターボートで海へ出た可能性があると皆に告げた。

これまでの話をつなげれば、そう考えるのが順当であり、さらにまだ臆測ながらも、もしもドレスコードの白が、何かを意味していたのであれば、その古いモーターボートの行き先も自《おの》ずと想像されるのである。

「じゃあ、今、親父はあの島にいるってことか？」

驚くというよりも、少し腹を立てたような一雄が、窓の向こうへ目を向ける。

「僕にも分かりませんよ」

豊大もまた少し怒っているようである。

「昨日の晩だって、そうとう海は荒れてたぞ」

……いくら親父が元気だからって、あんな年で、そんな海に出たら……。

一雄が想像した光景が、皆の脳裏にも浮かんだのであろう。

「ああ」

清子が悲愴《ひそう》な声をもらす。

「さっき、三上さんにお聞きしたんですが」

と、遠刈田は口を挟んだ。

……この島から向こうの島まで、そう距離はないそうです。

目算よりもさらに近いと。

さらに両島の岬が、うまい具合に張り出しているので、もちろん外海に出ることにはなりますが、波も多少は穏やかだろうと。

遠刈田の話を聞き終えた一雄が、とつぜん力尽きたように椅子に座り込む。

そしてまるで独り言のように、

「親父は、きっと渡ったんだろうな」

と、つぶやく。

……決死の覚悟で。

たった一人で。

あんなに恐ろしい海に出たんだろうな、と。

それは、とても寂《さみ》しげな口調で、そして一雄自身が何か覚悟を決めたようにも聞こえた。

「一雄さんは何かご存じなんですね?」

遠刈田がそうたずねようとした瞬間である。

すっくと立ち上がった一雄が、

「きっと親父は待ってる。俺は行くよ」

と、つぶやく。

「お父さん、行くって？」

「あの島に？」

「これから？」

慌てたのは葉子や乃々華たちである。

「お父さん、そんなの無理よ。危ないって」

しかし、もう何か覚悟を決めたらしい一雄の動きは止まらない。

こんな嵐の中、船を出すのは危ない。

と、金切り声を上げる葉子の静止も聞かず、一雄はすでにボートハウスに係留された十人乗りのクルーザーを出そうとしている。

一雄も船舶免許は持っているらしく、その手際はいいのだが、さすがに興奮しているので、その手や体が明らかに震えている。

「私がお連れします」

そのとき、声をかけたのが三上である。

震える一雄の腕を押さえ、先に乗船するようにとタラップをかけてやる。

「いや、三上くんまで、危ない目に遭わせるわけにはいかないよ。家族のことだ」

そう断りはするが、すでに三上は着々と出航の準備を進めている。

「私は、旦那様《だんなさま》に救ってもらいました」

準備をしながら三上が訥々《とつとつ》と話す。

……無国籍児だった私を、中学校に通えるようにしてくださったのは旦那様ですよ。

「ほ、本当に向こうに渡れるの？」

嵐の海を渡ると決めたらしい三上に、豊大が心配そうに声をかける。

「潮の流れに乗れれば、なんとか」

……もちろん、でかい横波が来たら終わりだけど。

このとき、遠刈田は初めて三上が微笑むのを見た。

「だ、だったら、俺も一緒にいくよ」

豊大がまるでその笑顔に触れるように、三上の頰を軽く叩《たた》く。

「ちょ、ちょっと待って下さい！」

そこで遠刈田は、今にも嵐の海に出ていきそうな三人に声をかけた。

島に襲いかかってくる台風のせいか、自分が妙な高揚感の中にいるのが分かる。

冷静になりましょう、と、かけたつもりの声だったのだが、まるでその声自体が、三人を煽《あお》るように響いてしまう。

「一雄さん、いったいどうされたんですか？」

遠刈田はさらに声を荒らげた。

「どうされたも何もないですよ！　親父が待ってるんだ！」

……親父が人生の最後に、何かを伝えようとしてるんだ！

息子の俺にはそれを聞く義務がある。

いや、本当の息子として立派に育ててもらった俺には、親父が最後の最後に伝えようとしていることを聞いてあげなきゃならない恩があるんだよ！

一雄の興奮はさらに高まっている。

「で、ですから、一雄さんがそう考える根拠を教えて下さい！」

と、遠刈田は思わず叫んだ。

……実は私、ずっと一雄さんの様子が気になっていたんです。

坂巻さんの昔の失踪《しっそう》事件の話の途中から、明らかに一雄さん、あなたの様子はおかしくなった。

何か思い出したんですね？

それとも何かずっと隠していたことでもあるんですか？

一雄さん、あなたのお父様、梅田壮吾さんは、私たちに何を告白しようとしているんですか？

一瞬、風が止んだせいかもしれない。そんな遠刈田の最後の質問がボートハウスに響き渡った。

次の瞬間、一雄がタラップにかけていた足を下ろす。

「遠刈田さん……」

少し落ち着きを取り戻した一雄に声をかけられ、遠刈田は、

「はい」

と静かにうなずいた。

「父が何を告白しようとしているのか、それは私にも分かりません」

……ただ、父が待っている。

それだけは分かるんです。

息子だから分かるんです。

「一雄さん、あなたは四十五年前、本当にお父様と二人でキャンプに行かれましたか？」

とつぜんの遠刈田の質問に、

「え？」

と、悲鳴のような短い声が上がる。

上げたのは、もう四十五年も前、そのアリバイを幼い一雄から聞き出した坂巻本人である。

そんな坂巻を、一雄がじっと見つめる。

「二泊三日の旅程でした」

……私はまだ十歳になったばかりでした。

そして実の父を亡くしたばかりでもありました。

夜の森は、本当に恐ろしかった。

いろんな音がするんですよ。

どこかで鳴いている動物の声。川の流れる音。木が折れる音。風の音。

そう。ちょうど今みたいに。

とても天気の良い日だったのに、たった一人で過ごしたあの夜の森は、まるで今日の台風と同じだった。

耳を塞《ふさ》ぎたくなるほどの恐ろしい音に満ちていました。

「か、一雄さん、今、たった一人で、とおっしゃいましたか？」

たずねたのは、坂巻である。

「坂巻さん、懐かしいですね」

……本当に懐かしい。

僕は、はっきりと覚えていますよ。あなたから尋問を受けたときのことを。

実はあのとき、僕は初めて父のことを「お父さん」と呼んだんです。

あなたに、「坊や、お父さんとずっと一緒だったのかい？」と聞かれたとき、僕は初めて、「社長のおじさん」ではなく、

「はい、お父さんとずっと一緒でした」

と、口にしたんです。

横には父が立っていました。

父は少し驚いた顔をしていましたが、そう答えた僕の頭を強く撫《な》でてくれました。その手がとても震えていたのを、僕は今でもはっきりと覚えています。

あのとき、僕は父と約束したんですよ。

あの森の中で、たった一人、父が迎えにくるまでの三日間を過ごしてみせるって。


一雄のとつぜんの告白に皆が息を呑《の》んだ。

なぜなら、四十五年前、一雄は坂巻に対して偽証したと告白しているのである。

全員の目が坂巻に向いた。

彼が何を口にするのかを、皆が待った。

しかし、しばらく経っても坂巻の表情は変わらない。ただ、じっと一世一代の告白をした一雄を見つめているだけである。

そして、誰もが焦《じ》れたときである。

「一雄さん」

やっとその坂巻が口を開く。

……一つ、聞きたいことがある、と。

どうして今になって、そんなことを言い出そうと思ったのか、それが知りたいんだ、と。

坂巻の質問に、一雄は静かに答えた。

「今、おそらく父は、死のうとしています」

……僕らに、何か、とても重大なことを伝えたあと、きっと死ぬつもりです。

そう言い切れるのは、父があの島で、今、僕らを待っているからです。

さっきも言ったように、あの島は、父が修験道の修行のために手に入れた島です。

昔、父がこんなことを言っていたんです。

「私の修験道の最終目標は、即身仏になることだ」と。

ご存じでしょう、即身仏という修行を。

土の中に入り、念仏を唱えながら、鐘を鳴らし続ける。そして、その鐘の音が聞こえなくなったとき、俗世の者たちは、彼が仏となったことを知るんです。

きっと父は、もう何もかもを告白しようとしてるんだと思います。

それがどんな犯罪だったにしろ、人生の最後に懺悔《ざんげ》しようとしているんだと思います。

だとしたら、息子の僕も同じように懺悔すべきなんです。

そこまで言い切ると、一雄の表情が少し柔らかくなった。

まるで四十五年の時を遡《さかのぼ》ったような、そんな無垢《むく》な表情だった。

「あの森で、三日間をたった一人で過ごすように父に言われました」

……必ず戻ってくるから信じてほしい、と。

そして、もしあとになって誰かがこの森での約束のことを聞いてきたら、嘘をついてほしい、と。

あの森で、三日間、私たちはずっと二人でいたと。

父は、とても大切な用があると言いました。

だから君を置いて出かけるしかないのだと。

でも、これだけは信じてほしい。決してお父さんは悪いことをするわけじゃない。君の父親として、約束する。

だから君も、俺の息子として信じてほしい、と。


一雄の話を聞き終えると、とつぜん坂巻が笑い出した。とても穏やかな笑い声だった。当然その場の雰囲気に合うものではない。

皆がそんな笑い声に呆気《あっけ》に取られ、坂巻の次の言葉を待つ。

「四十五年も経って、ようやく謎が解けましたよ」

そう告げた坂巻の声はどことなく嬉《うれ》しそうだった。

……長い刑事生活の中、もちろん腑《ふ》に落ちないことはいくつもありました。

でも、たいがいの嘘は見破ってきたという自負もありました。

でも、あの多摩ニュータウンで起こった事件についてだけは、ずっと何かが引っかかったままだった。

誰かが嘘をついている。そのことは直感で分かっているのに、それが誰なのかが分からないんです。

だからこそ、私は梅田翁との付き合いを続けていたのかもしれません。

いや、もちろんすでに官職を引退した身ですから、本気で真犯人を捜そうとしていたわけではありません。

それとは別のところで、梅田翁とは本当にいい友人関係を作れたと思っております。ただ、何かが、私を梅田翁から離してくれようとしなかったのも確かなんです。

そして、きっとその理由が、この違和感だったんでしょうね。

今、一雄さんの口から真実をうかがって、いろいろと思うこともあります。もちろん嘘をついていたのは、一雄さんだけじゃない。いや、梅田翁こそが嘘をつき、一雄さんにも同じことをさせたわけです。

しかし私は、梅田翁の嘘には、当時から心のどこかで気づいていたような気がするんです。

今になってこんなことを言っても、ただの負け惜しみにしかなりませんが、もしも嘘をついたのが彼だけだったとしたら、当時の私は、たとえ裁判沙汰《ざた》になろうとも、もっと強引に梅田翁の捜査を進めたような気がします。

でも、一雄さん、そこにあなたがいた。まだ十歳になったばかりのあなたが、

「ずっとお父さんと一緒にいた」

と、澄み切った瞳《ひとみ》で私に証言をした。

私はその嘘は見破れなかった。

私が、四十五年ものあいだ、ずっと騙《だま》され続けていたのは、一雄さん、あなたにです。父親を失ったばかりの少年の、あの澄み切った瞳にです。

静かに語る坂巻の言葉を皆はじっと聞いていた。

遠い日のことを鮮明に思い出しているらしい一雄の目は涙で潤んでいる。

坂巻がその肩に手を置く。

「一雄さん」

……だとしたら、四十五年前、藤谷詩子という女性を殺したのは、きっと、あなたのお父さんなんでしょうね。

穏やかな坂巻の口調が、逆にその惨《むご》さを伝えてくる。

殺した、という言葉に沈黙している皆を、坂巻がゆっくりと見回す。

誰も、坂巻に反論する者はいない。

「皆さん、今、私は、一雄さんから真実をお聞きしました」

ゆっくりと坂巻が語り出す。

……だとすれば、藤谷詩子という女性を殺したのは、きっと彼なのでしょう。

そして彼はきっと、人生の最後を迎えようとしている今、私に捕まりたいと思っているんじゃな

いかと思うんです。

いや、ずっと彼は心のどこかで、そう思っていたのかもしれません。だからこそ毎年あの事件が起こった時期になると、

「何か新たな証拠は見つかりましたかな？」

なんて軽口を叩いていたのかもしれません。

ですから、ここからは、その役目を私に果たさせてもらえませんでしょうか。こんな老いぼれになってしまいましたが、きっとそれが彼の願いなのだと思うんです。

きっとそれが、今回、私がここに呼ばれた理由なんだと思うんです。

そう語る坂巻の口調はどこか苦しげだった。

とても大切にしてきたものを、自分の手の中で握り潰《つぶ》そうとしているような、見ていられぬほどの悲しみに満ちていた。

「とにかく、僕は行きます。父が待ってるんだ」

そうつぶやいた一雄がクルーザーに乗り込んでいく。

「じゃあ、僕も行きますよ」

すぐに豊大が続き、そのあとを何も言わずに三上も追っていく。

そこに坂巻が加わろうとする。

「坂巻さん！」

遠刈田は思わずその腕を引いた。

……正気ですか？

外を見てください。この嵐ですよ。

ボートハウスの薄いガラス窓が今にも割れそうなほどの風に揺れている。

波のうねりが地響きのようにボートハウスの床からも伝わってくる。

しかし坂巻は遠刈田の腕を振り払った。

「遠刈田さん」

坂巻がなぜか微笑む。

……私はね、今、とても不思議な気分なんですよ。

……この嵐の海に出て死んだとしても本望と言いましょうか。

なんの悔いもないように思えるんです。

長い人生の最後の最後が、もしも今であるのならば、私は逆に、誰かにとても祝福されているような気さえするんです。

いや、もしかすると、梅田翁も今、こんな気持ちで私たちを待っているのかもしれない。

坂巻がクルーザーへ乗り込んでいく。

すでに乗船している一雄がその腕を引き上げてやる。

遠刈田は背後を振り返った。

葉子たちは、そんな男たちの行動に、ただオロオロしている。

遠刈田は、

「ああ、もう仕方ない」

と一言吐き捨てると、自らもクルーザーに飛び移った。

飛び移った途端、三上がその体を支えてくれる。

「ま、待って！」

するとすぐに後ろから今度は乃々華が飛び移ってくる。

一雄が抱きとめ、

「乃々華は残ってなさい」

と押し返そうとするが、

「お祖父《じい》ちゃんとこのままお別れなんていやよ！　それにね、この梅田の三代目として、私には行く義務があるの！」

と、勇敢に叫ぶ。

「乃々華……」

まるで娘を奪い返そうとでもするように、今度は葉子までが乗船してくる。

島に襲いかかっている台風のせいかもしれなかった。うねる波の波動のせいかもしれなかった。

その場にいる誰もが興奮していた。

乗船した者たちに、三上がライフジャケットを渡して回る。

「潮の流れは分かってます。私が必ず向こうの島に着岸させてみせますから」

三上の言葉が力強く響く。

その声に手を引かれたわけでもないのだろうが、

「あの」

と、清子がタラップを上がってきたのはそのときである。

さすがに清子までは道連れにできぬとばかりに、

「いや、清子さんは残ってください。これは私たち家族の問題なんですから」

と、一雄が押し返す。

しかし、次の瞬間、その手を清子が強く撥《は》ね返したのである。

「私だって、旦那様の最期を看取《みと》る覚悟で、この島での仕事をお引き受けしたんです！」

……一雄さんもご承知でしょう。

旦那様は私の姪《めい》っこの命の恩人なんです。

清子が遠刈田たちにも分かるように説明を始める。

……私には双子の妹がいます。その一人娘は、生まれたときから心臓に疾患がありました。

治すならばアメリカに行くしかない。でも、アメリカでの治療には三千万円という大金がかかる。

それを、旦那様が出して下さったんです。世界中の子どもたちを救うことはできない。でも、目の前で苦しんでいる子に、手を差し伸べられないのなら、そんなのは人間の人生じゃないって。

アメリカで無事に手術を終えた姪は、今、元気に学校に通っています。

もちろん他の子どもたちと同じように運動場を駆け回ることはできませんけど、それでも他の子どもたちと同じような笑顔を毎日見せてくれているんです。

私は、旦那様の最期を看取るつもりで、この仕事を引き受けてます。

ですから、この船に乗る資格があると思います。

もう清子の乗船に反対する者はいなかった。

三上が清子にもライフジャケットを着せてやる。

そこへタラップを駆け上がってきたのが、看護師の宗方である。

「ちょ、ちょっと待ってくださいよ！　だったら僕も一緒に行きますよ」

「あなたも？」

遠刈田はたずねた。

ああ、この宗方もまた梅田翁に恩があるのだと思ったのだ。

しかし、次に宗方から出てきた言葉に力が抜ける。

「いや、僕はまだ、特別なことはしてもらってませんけど」

……というか、なんか皆さん、僕だけ何もしてもらえずに、旦那様が亡くなってしまうっていうのも、なんかいやじゃないですか。

どこまで本気で言っているのか、真顔でそんなことを言う宗方に、思わず船内で笑いが起こる。

「どうして親父が、宗方くんを専属の看護師にしたのか分かったよ」

一雄が笑う。

……親父はね、君みたいなユーモアのある人が好きなんだよ。

もう宗方にも戻る気持ちのないことは明らかだった。

一雄に目配せされた三上が、宗方にもライフジャケットを渡す。

「じゃあ、皆さんは、船室に入って下さい」

……波でひどく揺れますが、潮の流れに乗れば、絶対に転覆することはありませんから。

三上の言葉に、皆は船室に入った。それぞれが床に座り込み、互いの腕を命綱のように絡ませ合う。

ボートハウスのドアがゆっくりと開いたのはそのときである。

真っ暗な空と海が、皆の眼前に広がる。波は立ち上がるように高い。風は雨雲を千切るように強い。

操舵《そうだ》室に立ったのは一雄と三上である。

エンジン音が遠刈田たちの尻《しり》に伝わってくる。クルーザーがゆっくりとボートハウスを出ていく。

すでに船室は大きく揺れていた。皆で絡み合わせた腕を強く摑《つか》む。

13

しかしボートハウスを出たクルーザーは、すぐに大きな横波を受けた。

そのまま横転するかと思うほどの衝撃で、浮き上がった方にいた遠刈田たちは、まるで窓枠にぶら下がるような格好になって自分たちの体を支えた。

波が襲うたびに悲鳴が上がった。

船内にも風と雨と波の飛沫《しぶき》とが、容赦なく吹き込んでくる。

操舵輪《そうだりん》を握る一雄と三上は、もう目も開けていられないような暴風雨の中だが、それでもなんとか船を目的の航路へ向かわせようと声をかけ合っている。

さらに沖へ出ると、今度は正面からの高波に、ほとんど船が立ち上がるような格好になった。

誰もが船室の床を滑り落ち、ソファや壁で、皆の体がもみくちゃになる。

すると今度は、立ち上がっていた船が、まるで海面に叩《たた》きつけられるように落ちていく。

もう皆、声も上げられなかった。

必死に何かを摑《つか》み、必死に痛みを耐え、唇を嚙《か》むしかない。

見れば、操舵輪を握っていた一雄が、海に投げ出されそうになり、その体を三上が必死の形相で引っ張っている。

もう誰もがこの船に乗り込んだことの後悔を超えて、すでに自分の死を感じていたはずだ。

ただ、それでも皆が正気を保っていられたのは、目の前に梅田翁がいるはずの島がはっきりと見えていたからであろう。

大波を乗り越えるたび、その距離が確実に近くなっていたのだ。

しばらくすると、三上が言っていた潮の流れに乗ったらしかった。

あれだけ波に弄《もてあそ》ばれていた船体が、自身のエンジンで前へ進んでいるという感触が、皆が這《は》いつくばった床からも伝わってくる。

しかし、目の前の島へ近づけば、また同じような高波が襲いかかってくる。

その高波に次も持ち堪《こた》えられるかどうか。

「行きがかり上ではありますが、もうこんな状況です！」

と、遠刈田はとつぜん大声を出した。

しょっぱい風が口内に吹き込んでくる。

……私は、まだ教えてもらっていないことがあります！

遠刈田は続けた。

何か話していないと、この無謀な冒険の悪い結末しか考えられなかったからだ。

「豊大さん！」

遠刈田は、床に這いつくばっている豊大に声をかけた。

……あなたはまだちゃんと答えていない！

昨夜、なぜ梅田翁の部屋を訪れたのかを。あなたと三上さんが、梅田翁の部屋を訪ねたことは、清子さんがはっきりと見ています。

どんな用で訪ねたのか、教えてもらえませんか？

遠刈田の場違いな質問に、皆は少し呆《あき》れていた。

たとえそれが重要なことであったとしても、こんな状況である。どうでもいいじゃないかというのが本音であろう。

そんなこと、今じゃなくてもいいじゃありませんか！

おそらく豊大からも、そんな返事があるのだろうと皆が思っていたそのときである。

「あーもう、どうせ沈没するかもしれないんだ！」

豊大がそう叫んだのである。

……言いますよ！　言えばいいんでしょ！

その瞬間、操舵輪を必死に握っている三上がふり返ったのが遠刈田には見えた。

「譲治！　もう言うぞ！」

豊大が三上を下の名前で呼ぶ。

「昨日の晩、僕と三上が二人で、祖父の部屋に行ったのは、財産分与についての相談ですよ！」

豊大がさらに声を上げる。

……頼みがあったんです。

祖父が亡くなったあと、うちにどれくらいの財産が残るのかは分かりませんが、この野良島を僕らに譲ってほしいって。

そうお願いしに行ったんですよ！

「僕らというのは？」

たずねたのは遠刈田であるが、もちろんその先はなんとなく見えていた。

「僕と三上ですよ！」

……僕は彼が好きだし、彼もきっと僕のことを好きでいてくれると思ってます！

嵐の中の告白である。

僕は、再三、東京で一緒に暮らそうと彼を誘っていましたけど、彼は都会が大の苦手、野良島みたいなところで一生を過ごしたいという。

僕は、彼がいるところならどこでもいいんだ。

だから、将来的には他の財産はすべて放棄するから、あの島だけ、僕らに譲ってほしいって。

そう頼みに行ったんですよ！

とつぜんの豊大の告白に、清子と宗方、そして坂巻の三人はかなり驚いている様子だったが、正直なところ、そんなことよりも、自分たちの体を支えるのが大変で、その驚きを顔に出す余裕もない。

一方、梅田家の人々について言えば、乃々華はもちろん、両親の一雄も葉子も、きっとうっすらと豊大の性向には気がついていたのだろう、特に驚く様子もなかったが、その最愛の相手が三上だということは知らなかったらしく、

「だ、だったら、そう言えばいいじゃない！」

葉子が、その豊大の腕にしがみつきながら立腹する。

……今どき、誰がそんなことに反対すると思ってるのよ！

お母さんたちのこと、バカにしないでよね。

私たちはそんな頭の固い人間じゃないんだから。バブル世代をバカにしないでよ！

そんな菓子の言葉を聞いて、笑い出したのが当の豊大である。

改めて言う必要もないが、皆で片足どころか、腰まで死に浸《つ》かっている状況である。

「あははは」

転覆の恐怖を忘れようとでもするように、豊大がさらに大声で笑い出す。

……今、お母さんが言ったことと、まったく同じことを、昨日の晩、お祖父《じい》さんからも言われましたよ。

僕と三上が二人の関係を説明して、

「お祖父さんたちの世代の人には理解できないかもしれませんが」

って言った途端、

「そう、爺《じい》さん連中のことをバカにするな」ってね。

……こんな耄碌《もうろく》した爺さんでもな、愛がどういうものかくらい、ちゃんと知ってるよ、って。

僕はね、なんか、そんな風に言われて嬉《うれ》しくて泣いちゃったんですよ。

そしたら、お祖父さんがこう聞くんですよ。

「豊大、お前は、本気で三上のことが大切なんだよな？」って。

だから、僕は「はい」って答えたんです。そして、「三上、お前もか？」ってお祖父さんに聞かれて、彼も、

「はい。大切な人です」

って、答えてくれたんです。

そしたらね、お祖父さん、こんなことを言ったんですよ。

「俺にも大切な人がいたんだ」って。

……だから、お前たちは守れって。

もう一度言うが、波に弄ばれている船の状況は、正直、誰かの恋愛話など聞いているどころの騒ぎではない。

いや、ないのは間違いないのだが、それでも遠刈田には豊大の最後の言葉が引っかかる。

「だから、お前たちは守れ？」

……梅田翁がそう言ったんですか？

遠刈田は思わずたずねていた。

「ええ、祖父がそう言ったんです」

……お前たちは守れ。

お前たちはお互いの大切な人のことをちゃんと守り通せ、って。

そのときである。また船が大きく揺れた。これまでの揺れよりもさらに大きく、皆の体が一瞬にして吹き飛ばされる。

潮の流れから出た船が、またのたうつ波に、その船体を立ち上がらせていた。

立ち上がっていた船体が、今度はまた海面に叩きつけられるように急降下する。

もう悲鳴も上がらず、皆の体が絡まりあって、船室を転がり続ける。

それでも皆、なんとか手すりやドアノブを摑んで耐えていたのだが、いよいよ力尽きたらしい清子がまるで転がるように船室から投げ出された。

その足や腕に遠刈田たちは手を伸ばした。

しかし、さらなる衝撃が襲ってくる。

また船首が立ち上がり、そしてまた叩きつけられるように海面へと落下する。

雨に濡《ぬ》れた甲板では、一雄と三上が操舵輪にしがみついている。

次の瞬間、その甲板へと清子の体が転がり出た。

「清子さん！」

最後までその腕を掴んでいたらしい葉子が叫ぶが、すでに清子の体は濡れた甲板を、右に左にまるで弄ばれるように滑っていく。

三上が助けようと手を伸ばすが、もう片方の手で操舵輪を掴んでいるので、もう少しのところでどうしても届かない。

清子はもう声を上げることもできず、その体を船体のあちらこちらにぶつけている。

そして次の波に襲われた瞬間だった。

「ああ！」

葉子が悲鳴を上げたのが先だったか、甲板を滑った清子の体が波にさらわれるように荒れる海へと引き摺《ず》り込まれたのが先だったか。

「あーーーー！」

「清子さん！」

「ああ！」

あちこちで悲鳴が上がった。

清子が落ちた海は、絶望的な光景である。

大波に呑《の》まれた清子のライフジャケットだけが、その絶望的な景色の中でオレンジ色に光っている。

逆に言えば、それ以外にこの世界には色がないようだった。

もう助からない……。

皆がそう思った瞬間である。

大きく揺れる船室から、なんと豊大が這って出たかと思うと、そのまま溺《おぼ》れる清子を追って、色のない絶望的な海へ飛び込んだのである。

「豊大！」

「お兄ちゃん！」

葉子や乃々華の声は、悲痛極まりないものだった。

咄嗟《とっさ》のこととはいえ、豊大の無鉄砲な行為に、さすがの遠刈田も言葉を失った。

しかし、その次の瞬間である。

その豊大を追うように、なんと三上までが、その絶望的な海に飛び込んだのである。

思わず遠刈田は頭を抱えた。清子だけでなく、これでは豊大や三上までもが、この絶望的な景色の一部になるのは明白だった。それでも、遠刈田は這うように甲板に出た。雨風はさらに強くなっているが、目的の島はすぐ目の前まで迫っている。手すりに体を巻きつけるようにして、遠刈田は荒れる海に目を向けた。

すでに豊大と三上が清子を両側から抱えているが、その姿は高い波に何度も呑み込まれる。

三上が何か叫んでいる。

遠刈田は耳を澄ました。暴風のうねりに混じってその声が聞こえてくる。

「そのまま島へ向かえ！」

三上はそう叫んでいる。

遠刈田は一雄に告げた。

たった一人で操舵輪を握る一雄もうなずきはするが、その顔にはもう血の気もない。

遠刈田を追って船室から坂巻が出てきたのはそのときである。

高齢をものともせぬ力強い動きで、船首にある救命浮環を海に投げ込もうとする。

もう自分などどうなってもよい、というような勇敢な姿だった。

なんとか坂巻が投げ込んだ浮き輪に、三上が泳いで近寄っていく。

幸い、浮き輪は三上の手に届き、すぐに豊大と清子の元へと戻っていく。

一雄がさらにクルーザーのスピードを上げた。

船体は波の上をのたうち回ったが、それでも島の桟橋がすぐそこに迫っている。

船が小さな入り江に入る。途端、船体の揺れが少しだけ収まる。

遠刈田は背後を見た。

船から延びたロープの先、三人がしっかりと浮き輪に摑まっている。

それでも船を桟橋に着岸させるのには、かなり時間を要した。何度も船体が岸にぶつかり、そのたびに船室の床で遠刈田たちはもんどり打つ。それでもなんとか一雄が桟橋に飛び渡り、ロープを巻いた。

坂巻や宗方に手を引かれて、葉子と乃々華がそれぞれ桟橋に飛び移り、遠刈田もそのあとに続く。

桟橋の上では、もう誰もが立ち上がれないほど足腰が震えていた。

それでもすぐに誰からともなく立ち上がり、清子たち三人が摑んでいる浮き輪のロープを引き始める。

浮き輪に摑まる三人は真っ青だった。それでも徐々に近づいてくると、その息遣いが聞こえてくる。

桟橋から遠刈田たちが差し伸ばした腕を摑む、その手にはまだ力があった。

海から三人を引き上げた遠刈田たちは、桟橋をほとんど這うように島に入った。島の雑木林で雨をしのいだ途端、ほんの少しだけ人心地がつく。荒れ狂った海の向こうに、さっきまで自分たちがいた野良島が見えた。

明かりのついたままの屋敷が、まるで亡霊船のように浮かんでいた。

14

雑木林を叩《たた》く暴風雨はこちらの島でも同じだった。いや、こちらの島が小さい分、野良島よりもさらに荒れ狂う海が大きかった。

乗ってきたクルーザーは、すでに岩場で座礁している。

森の中に入っても雨宿りできそうな場所はなかった。話すために口を開けるのも大変である。

「梅田翁がいるとしたら、どこになりますか？」

遠刈田は雨を飲むように叫んだ。

「この道の先に滝があります」

答えたのは、三上である。

そこに祠《ほこら》があるので、この島で雨風をしのげるとすれば、そこくらいかと。

いつも私はそこまで旦那《だんな》様をお送りして、いったん野良島に戻っていました。

「じゃあ、とりあえず向かいましょう。ここで雨に濡《ぬ》れていても体温が下がっていくだけですから」

遠刈田の言葉に、皆が疲れきった体を起こす。そしてお互いに背中を押し合いながら、急なけもの道を上っていく。

途中、コンクリート造りの小さな建物があった。

あれは何ですか？　と遠刈田が問えば、

「トイレです」

と三上が教えてくれる。

……トイレといっても、もちろん水洗設備などはついてませんが、と。

極度の緊張がとけたせいもあったのだろう。

ならばトイレに寄りたいと女性陣が言い出した。

トイレは男性用の小便器と、奥に個室が一つだけである。女性陣が順番に個室を使うあいだ、遠刈田たち男性陣も手前の小便器で用を足す。

思いのほか、祠までは近かった。

一ヶ所だけ、道を塞《ふさ》いだ倒木を乗り越えるのに難儀したが、それでも全員が無事に歩き通した。

意外にも建っていたのは立派な祠である。

低い石垣に囲まれた茅葺《かやぶ》きの祠で、ちょっとした納屋ほどの大きさがある。

そして三上が言っていた通り、その背後に滝があった。

ただ、この豪雨のため、滝というよりは山肌を削った濁流が流れ落ちており、美しい滝とはほど遠い。

幸い、その濁流の流れは祠ではなく、裏の方に向かっている。

急《せ》くように祠に向かったのは一雄である。

施錠された門を乗り越え、祠の石段を上って重そうな扉を開ける。

「お父さん！」

そう呼びかけた一雄の声も、すぐに奥の濁流に呑《の》み込まれてしまう。

一雄は祠に入った。

遠刈田たちもすぐにあとを追ったのだが、皆が祠に入るまえに、

「いない」

と、一雄が落胆して出てくる。

遠刈田も祠のなかに入ってみた。がらんとした板張りの床は埃《ほこり》っぽく、一雄がつけた濡れた足跡以外に、人がいた形跡もない。

奥の祭壇には石仏像が三体並んでいた。特に手の込んだ物ではなさそうだが、逆に素人が彫ったような乱暴な神々しさがある。お供え用の盆には何も置かれていなかった。ただ、その盆は漆塗りである。

「祖父が一晩ここにいたんだったら、もうちょっと何かあるはずですよね」

ネズミの抜け穴まで探るように、隅々まで見て回った豊大がつぶやく。

その瞬間、開け放たれていた祠の重い扉が、大きな音を立てた。

一瞬にして中が真っ暗になり、皆の荒い息遣いだけになる。

「ここにいないとなると、他に考えられる場所はありますか?」

そうたずねながら遠刈田が重い扉を開けた。決して明るくなるわけではないが、それでも隣に立つ者の顔くらいは判別できる。

ただ、遠刈田の質問に答える者はいない。

要するに、島が変わっただけで、またスタート地点に戻ったわけだ。

梅田翁の姿がどこにもない……という。

そんな皆の視線が、今朝と同じようにまた荒れ狂った海へ向けられようとしたときである。

「あの」

遠刈田は思い切って声を上げた。ただ、誰に問いかけるというわけでもない。

……さっき使ったトイレの下には何かありますか？　と。

「トイレの下ですか？」

三上が受けるが、首を傾げるだけで、

「何もないと思いますけど」

と、逆に遠刈田を見つめ返してくる。

「どうしてですか？」

豊大がたずねてくる。

「いえね、さっき私が用を足したあとに、手を洗ったんですよ」

「ああ、僕も洗いましたけど」

「ええ。そのときなんですが、洗面台の排水口から流れた水が、落ちていく音がしたんですよね」

「排水管へ、ですか？」

「じゃなくて、もっと深いところに」

「このどしゃぶりの雨の中で、よくそんな音が聞こえましたね」

「なんだか、カラーン、カラーンって、とても澄んだ音だったもんですから」

そこで遠刈田は、

「あっ」

と、何か気づいたように声をもらした。

……あ、いや、きっとそうですよ！

ああ、だからだ。だから、カラーン、カラーンっていうような音が大きく響いたんだ。

あのぉ、あそこの下に広い空洞か何かがありませんか？

じゃないと、ああいう響き方はしないと思うんですよね。

遠刈田が聞いた音に、他に気づいた者はいなかったらしく、皆の反応は薄い。

「じゃ、ちょっと行ってみます」

じっとしてられぬとばかりに、遠刈田は祠を出た。

さっきよりもいくぶん雨脚は弱くなっている。

トイレまで駆け戻ると、洗面台の蛇口を捻《ひね》って、すぐに止めた。

気がつけば、背後には皆が立っており、遠刈田と同じように耳を澄ましている。

流れた水が排水口に吸い込まれて五秒ほど経ったときだろうか、
カラーン、カラーン、
と、水音が響く。

「あ、聞こえますね」

隣で耳を澄ましていた豊大がつぶやく。

「でしょ？」

遠刈田はもう一度蛇口を捻ってすぐに止めた。

また五秒ほどすると、カラーン、カラーンと、やはり同じ音がする。

たとえば広い洞窟《どうくつ》で、水滴が響いているような音である。

「たしかに何か空間がありそうですね。こんな簡易トイレの構造にしては不自然ですし」

豊大がさらに排水口に耳を寄せる。

「あのぉ、この周辺に、何か不自然な……というか、人工的な構造物はありませんか?」

遠刈田はたずねた。

誰も心当たりはないらしく、しばらく返事はなかったのだが、ふいに三上が何か思い出したらしく、

「あ」

と、声をもらす。

……人工的な、ということなら、工事途中みたいに残っている階段がありますけど。

「工事途中の階段?」

遠刈田は繰り返した。

「ええ。コンクリート製の階段です」

……今、僕たちが登ってきたけもの道とは別に、この祠に来るために作ろうとしたものだと思うんですが、結局、必要ないと思い直されたのか、中途半端な工事のままで残ってるんですよ。

十五段くらいあるのかな。

森の中に、どこにも繋《つな》がってない階段が打ち捨てられたみたいになってて、奇妙な感じです。

遠刈田は早速、三上にその場所への案内を請うた。

そこはトイレからほど近く、今では森に侵食されるように隠れてしまっているが、たしかに、どこにも繋がっていないコンクリート製の階段が、雨に濡れていた。

遠刈田は倒木を跨《また》いで、その階段に足をかけた。次の瞬間、

「あっ」

と、声がもれる。

ちょうど目の高さ、下から数えて五、六段目の辺りに切り込みがあり、横にスライドできるようになっているのである。

遠刈田はその隙間に指を突っ込んだ。

重そうに見えたが、まるで高級旅館の襖《ふすま》のようにするりとスライドする。

故意に作られたドアで、錆《さ》びついてもいない。

そして、開いた扉の向こうに現れたのは、またしても階段だった。

ただ、こちらは三、四段しかなく、その先は洞窟の岩場で、そのまま奥へと続いている。

洞窟であれば真っ暗なはずが、奥に空洞でもあるのか、その先の方まで見通せる。

「お父さーん?」

遠刈田の横から顔を突っ込んでいた一雄が洞窟内に呼びかけた。

その響きで、この洞窟の広さや深さがなんとなく分かる。

かなり大きな洞窟である。

遠刈田を先頭に、まずはその短い階段を下り、あとは岩場を這《は》うようにして奥へ進んだ。

すぐに通路のような場所に出た。

舗装されているわけではないが、歩きやすいように岩場が削られている。

「こんな場所があるなんて初めて知りましたよ」

横を歩く一雄がつぶやく。

そしてまた奥へ向かって、

「お父さん！」

と声をかけるが、やはり洞窟内にこだまするだけで返事はない。

「この道は、滝の祠の方に続いてますね」

遠刈田が前方を指差す。

まだかなり先ながら、滝の音が聞こえてくる。

「そういえば、子どものころ、何度かこの島に来たことがあるんですけど」

後ろから豊大の声がする。

……一度、あの滝の水量が少なかったときに、滝の裏側に回ろうとしたことがあったんです。

そしたら、珍しく祖父にひどく叱られたんですよ。

滝の裏側に洞窟の穴のようなものが見えたもんだから、入ってみたくなったんですけど。

でも、今思い出してみると、あのときの祖父の怒り方は尋常じゃなかったな。

「あの奥の洞穴は神様がいらっしゃる場所だから、絶対に入っちゃいけない」って。

「約束できるか?」って、両耳を千切れるくらい強く摑《つか》まれて。

「では、きっとこの道は、その滝の裏側に繋がってるんでしょうね。だから、そこからの光でこんなに明るいんだと思います」

遠刈田はそう答えた。

「ん？」

先頭を歩く一雄が足をとめたのはそのときである。

見れば、小さな洞穴があり、小さな地蔵が安置されている。

一雄が一人で中に入り、

「こんなものが」

と、なにやら書類を手に出てくる。

……うちの戸籍謄本ですね。

一雄が内容を確かめて、そうつぶやく。

見れば、たしかにその通りで、すでに死亡している梅田翁の両親の名前から、梅田翁、そして養子縁組という形で、一雄の名前があり、葉子との婚姻を機に、この戸籍には出たところまでが記録されている。

本籍地は福岡八幡のもので、おそらく梅田翁の父親が経営していた回漕問屋の所在地であろう。

「あれ、これは？」

同じファイルの中から、一雄がもう一枚、別の戸籍謄本を抜き出したのはそのときである。

「こっちは誰のだろう？」

一雄が首を傾げる。

本籍地や住所は、東京の向島《むこうじま》区とある。

古い地名や地番で、おそらく現在ではその地名も地番も残っていないと思われる。

肝心の氏名欄だが、
砂田伊助《すなだいすけ》
砂田ウメ
とあり、そこに長男・勝一《かついち》、次男・幸次《こうじ》と書いてあるのだが、すでに二人とも死亡となっている。

「長男の勝一は、一歳のときに病死。次男の幸次は東京大空襲で死亡とメモ書きがありますね」

覗《のぞ》き込んだ遠刈田はつぶやいた。

その瞬間、

「あっ」

と、葉子が声をもらす。

……ね、ねえ、遠刈田さん。

やっぱりあの三本の映画と関係があるんじゃないかしら。

遠刈田さんも覚えてるでしょ？

ほら、『砂の器』の主人公は、当時伝染病とされていた父親と引き離されたあと、戦後のどさくさにまぎれて他人の戸籍を奪うじゃない。すでに家族全員が亡くなっているのに、その家の生き残りの息子として役所に申請して。

そこまで興奮気味に話した葉子が、

「あ、でも……」

と、少し声を落とす。

……もしそうだとすると、もし本当にお義父《とう》さんが同じことをやっていたんだとすると、この砂田幸次っていう空襲で亡くなった子が、実際のお義父さんだって風には考えられない？

ほら、この砂田幸次って子が、あの映画みたいに、こっちの梅田家の一人息子、壮吾として生きてきたって風には考えられないかしら？

葉子の推理には、遠刈田も賛成だった。

しかし、これだけの情報では、さすがに想像の域を出ない。

「梅田翁のご両親は早くに亡くなったんですよね？」

遠刈田は一雄にたずねた。

「ええ、そう聞いてます」

……親戚《しんせき》の中で、戦争のあとに生き残ったのは父だけだったと。だから、幼いながら佐賀の呉服問屋で下働きを始めたんだと。

「だとしたら、今、葉子さんが言ったように、実はこの梅田壮吾という人間は、亡くなっていて、梅田翁がこの壮吾になりすました可能性もありますよね」

遠刈田は少し興奮してきた。

いや、いや、そう考える方が、この状況でこの二つの戸籍謄本がここに置かれている理由としては、かなり可能性も高くなると思うのですが。

「ねえ、でも……」

そこで葉子が口を挟んでくる。

……同じ佐賀だったら話も分かるんだけど、こっちの砂田幸次って人は東京でしょ。

葉子の疑問に答えられる者は、もちろん誰もいない。

「でも、お母さん、ちょっと待ってよ」

そこで声をかけてきたのは豊大である。

……お母さんたちは、その映画の影響で、さっきからお祖父《じい》ちゃんのことを戸籍泥棒みたいに言ってるけどさ。

もし本当にお祖父ちゃんがそんなことをしてたとしたら、ますますその藤谷詩子さんって人を殺したのがお祖父ちゃんだって話になってこない？

その藤谷詩子さんが本当のお祖父ちゃんの素性を知ってて、それで脅迫でもされて、って、そういう映画なんでしょ？　三本とも。

豊大の口調には少し怒気がふくまれている。

「そんなに怒らないでよ。お母さんだって、何もそこまで言ってないじゃない」

……それにね、三本とも、脅迫されたわけじゃなくて、善意で会いに行ったんだけど、相手にはそう伝わらなかったって話なのよ。

と、とにかく、可能性としてお義父さんがこの砂田幸次かもしれない……。

葉子がそこまで言ったときである。

「ちょ、ちょっと待ってくださいよ」

久しぶりに宗方が口を開く。

……ってことはですよ。

この洞窟の奥に、その殺された藤谷詩子さんが埋められてるなんて話になってきたりしませんよね？　と。

さっきの命からがらの渡航と薄暗い洞窟のせいで、宗方はすっかり怯《おび》えきっている。ついてきたのを後悔しているのが明らかである。

「ああ、もう！」

そのときである。一雄が我慢の限界とばかりに声を上げる。

……とにかく親父を見つけ出せば、全部説明してくれるよ！

苛《いら》立《だ》った一雄の声が洞窟の奥の方まで響き渡る。

……もし本当に、その藤谷詩子って人を、親父が殺したんだとしても、きっと理由があるはずだよ。

それを親父は、今、俺たちに伝えようとしてるんだよ！

一雄が皆の無責任な推理など聞いてられないとばかりに、また先頭に立って洞窟を奥へ進もうとする。

しかしその果敢な足取りを、またしても止める出来事が起こる。

とつぜん眼前の白い岩壁に、古いフィルム映像が流れだしたのである。

鍾乳洞《しようにゆうどう》というわけでもないのだが、なぜかその岩肌だけ色が薄い。

そのせいで、荒く古い映像ながらも、何が映っているのかははっきりと分かる。

その白黒フィルム映像に音声はない。

ただ、いわゆるフィルムが回っているカタカタという音だけが洞窟内で鳴っている。

立ち尽くした遠刈田たちは皆、その映像を食い入るように見つめた。

このような場所で流れる古い白黒のフィルム映像というのは、それだけで不気味な印象を与えるのだろうが、なぜかそれがない。

というのも、映っているのが半裸の男の子たちで、向けられたカメラに向かって、はにかみながらも、ときに笑顔をみせたり、中にはふざけて顔をひょっとこのように歪《ゆが》めて笑わせようとする子もいるのである。

「何、これ?」

葉子が思わずつぶやく。

……どろんこになっている子どもたちの様子や服装からして、戦後すぐに撮影されたものであろう。

しばらく子どもたち一人一人の顔を撮影すると、ふいにカメラが離れ、子どもたちの全体を映し出す。

その瞬間、誰からともなく、

「ああ」

という嗚咽《おえつ》のような声がもれた。

というのも、これまで映っていた男の子たちが皆、檻《おり》のような場所に押し込まれていたのだ。

決して広いとは言えないその檻の隙間から顔や手を突き出し、自分たちに向けられたカメラに向かって微笑んだり、ふざけたりしていたのである。

檻の中に閉じこめられた少年たちは、皆ひどく汚れている。

まともなシャツやズボンを身につけている者は誰一人としておらず、その幼い顔や伸びた髪は、鼻水や汗や埃で汚れきっている。

人間の子というよりも、獣の子のようである。もしも獣が笑うことがあればだが。

古いフィルム映像に見入る皆の耳に、ナレーションが聞こえてきたのはそのときだった。

洞窟の中で音は響き、とても聞き取りにくいのだが、それでも意識を集中させれば、目の前に流れるフィルム映像とその音声がきちんと重なってくる。


皆さんは戦災孤児と呼ばれた子どもたちのことをご存じでしょうか。

太平洋戦争で親を失い、戦後、瓦礫《がれき》と化した町に放り出された子どもたちは、十二万人にものぼると言われています。

終戦直後の上野《うえの》駅には、身寄りを失ったそんな孤児たちがあふれていました。

彼らは駅の待合室や階段で暮らしていましたが、やせ細り、栄養失調で亡くなる子も少なくありませんでした。

亡くなった子は駅員によって、外へ運び出されました。

そして亡くなった子が寝起きしていた場所には、いつの間にか、また別のやせ細った子の姿があったのです。

子どもたちは大人の使いばしりなどをして食べ物をもらい、なんとか命をつないでいましたが、死の不安に怯《おび》える毎日でした。

そのうち、あまりの空腹のために盗みを働くようになる子どもたちも出てきます。

物乞《ものご》い、スリ、パンパン……。

子どもたちは生きるためになんでもしました。

野良犬を殺して食べ、たった一杯のすいとんのために体も売りました。

最初は、駅の子たちを憐《あわ》れに思っていた大人たちも、次第に彼らを疎ましく思うようになります。

戦争をしたのは大人です。

そして犠牲になったのが駅の子たちなのです。

しかし、その大人が彼らを蔑《さげす》むようになったのです。

いつのころからか、彼らは浮浪児と呼ばれるようになりました。

野良犬や虫けら。

そんなニュアンスに近い呼び名でした。

国は無策でした。

そのため、当時日本を統治していたGHQから、この浮浪児たちがいなくなるような政策を立てるよう命令が出ます。

大人たちがやったのは、駅の子たちを一斉に捕らえ、監獄のような強制収容所に隔離することでした。

いわゆるこれが「狩り込み」と呼ばれた悪しき行為です。

大人たちに追われ、逃げ惑う子どもたちの姿は、一般の人々の目にどのように映っていたのでしょうか。

ある戦災孤児はこう証言します。

……狩り込みから逃げているとき、とつぜん若い男に手を摑まれました。

僕は彼が助けてくれるんだと思いました。

でも、彼は、

「捕まえたぞ！　ここにいるぞ！」

と声を上げました。

横にいた男の妻も、

「早く！　また逃げるわよ！」

と警官を呼びました。

二人の声はとても誇らしそうでした。正義感にあふれていたんです。


終戦直後の上野駅の映像や、インタビューに答える元戦災孤児の映像が終わると、洞窟にふたたび最初のシーンが映し出された。

半裸で汚れきっていながらも笑顔をみせたり、ふざけたりする男の子たちが狭い檻の中に閉じ込められている映像である。

先ほどはあまりにもとつぜんすぎて聞き取れなかったナレーションが、今度は耳も慣れ、はっきりと聞こえる。


この映像に収められているのは、上野駅で必死に戦後を生き延びてきた子どもたちの映像です。狩り込みに遭った彼らは、このように狭い檻に閉じ込められていますが、向けられたカメラに無邪気に笑顔を浮かべています。

上野駅から彼らが連れて行かれたのは九州でした。

筑豊地方の素封家が、戦災孤児たちのために作った施設へ送られたのです。

決して幸福な映像には見えませんが、多くの子どもたちが駅や路地で餓死していったことを思えば、檻の中にいても、生き残った彼らは恵まれていたのかもしれません。


映像はそのまま続いた。

最初のシーンが終わると、ふたたび終戦直後の上野駅の映像や、当時のことを伝える元戦災孤児のインタビュー映像が繰り返される。


「あのぉ、さっき見つけた二つの戸籍謄本ですが」

繰り返される映像を見つめながら、口を開いたのは遠刈田である。

……一つが福岡の八幡で回漕問屋を営んでいた梅田という家族のもの。

そしてもう一つが東京は向島区の住所が記された砂田　某《なにがし》という家族のもの。

その二つの戸籍を見つけたあとで、この古いフィルム映像が流れ出したわけです。

「たぶん、そういうことなんでしょうね」

遠刈田の言葉を受けたのは、一雄である。

……上野駅で暮らしてた戦災孤児たちが、福岡の施設に送られた。

きっと、この映像に映っている男の子のなかに、砂田幸次という少年がいるんでしょう、と。

「ちょっと待って」

そこで乃々華が話を引き取る。

「じゃあ、こういうこと？」

……上野駅から九州に送られた、その砂田幸次って男の子が梅田壮吾になった。

それが私たちのお祖父ちゃんってこと？

ねえ、そういうこと？

乃々華の問いかけに答える者はいない。

しかし、誰もがもう、それ以外に答えはないと考えているのは明白である。

おそらく梅田翁は太平洋戦争で親を失った戦災孤児であったのだ。

終戦後の混乱期、上野駅でなんとか飢えをしのいで生き延び、狩り込みにあって福岡の施設に送られた。

その施設で何があったのかはまだ分からない。

ただ、その施設を出た彼が八幡へ向かい、回漕問屋を営んでいた男の息子となって、その後の人生を生きてきた。

「ああ」

悲痛な声がもれたのはそのときである。

沈痛な面持ちで坂巻が目を閉じている。

「大丈夫ですか？」

今にも倒れそうな坂巻の肩を豊大が支える。

「いや、大丈夫。すまない」

その手を振り払った坂巻が、

「繋がったよ」

とつぶやく。

……四十五年も経って、ようやく繋がりましたよ。

梅田翁と藤谷詩子さんには、面識がある。梅田翁は九州じゃなく、彼女と同じ東京の生まれです。

そして少なくとも、十二、三歳までは、東京に、いや、きっと上野駅にいたんでしょう。

そして、おそらくですが、そこで藤谷詩子さんと出会ったんでしょう。

いや、出会ったんだよ、きっと。

皆はまた古いフィルム映像に目を向けた。

やせ細った戦災孤児たちが地面にしゃがみ込み、まるでハエがたかるように、大人が投げ与えた何かを貪《むさぼ》り食っている。

「先に進みませんか？」

声をかけたのは、遠刈田である。

「ええ、行きましょう。きっと祖父が待ってますよ」

今度は豊大が先頭に立ち、さらに洞窟を進んでいく。

15

しばらく進むと、広い空間に出た。

出た途端、さらに滝の音が大きくなる。ここが滝の裏側に当たるらしく、見上げれば、ぽっかりと開いた穴の向こうに、流れ落ちる濁流も見える。

「あ」

と、誰ともなく声をもらした。

遠刈田がさらに先に目を向けると、まるで昨夜の晩餐《ばんさん》を再現するような白いテーブルクロスがかけられた長テーブルが置かれ、ずらりと椅子も並んでいる。

「お祖父ちゃん！」

最初にかけ出したのは乃々華だった。

すぐに遠刈田たちもあとを追う。

皆、辺りを窺《うかが》うが梅田翁の姿はどこにもない。

駆け寄った長テーブルには、昨夜のような料理は並んでいない。

ただ、なぜか一冊のとても古いノートがぽつんと置かれている。

「なんでしょう」

手にとったのは豊大である。

かなり年代物のノートであるが、その表紙に子どもっぽい文字で、

「地底人の逆襲」

と、書いてある。

豊大がパラパラとめくった途端、古紙独特の臭いが遠刈田のところまで漂ってくる。

ノートはひどく黄ばんだ部分もあるのだが、体裁はなんとか保っている。

黄ばんだ紙面には、びっしりと文字が書かれている。かなり稚拙な筆致で、やはり子どもが書いたようにも見える。

そして、本来ならひらがなである部分がカタカナで書かれているところを見ると、戦前の教育を受けた子どもが書いたものらしい。

しばらくノートの文章を読んでいた豊大が、

「これ、小説みたいなものなのかな？……で、この『地底人の逆襲』というのがタイトルなのかな？」

と、首を傾げる。

渡された遠刈田もパラパラとめくってみる。

言われてみれば、たしかにカギ括弧の会話文などがあり、小説のように見えなくもない。

遠刈田はそのノートを一雄に渡そうとした。まさにそのときである。

「おいおい、そう乱暴に扱うな。そのノート、ひどく傷んでるんだ」

という声が、洞窟《どうくつ》に響いたのである。

まぎれもなく梅田翁の声であった。

反響が大きく、聞き取りにくくはあったが、野太いその声は間違いなく彼の声である。

「お祖父《じい》ちゃん？」

「お父さん！」

「どこですか？」

梅田家の人々があちこちの岩壁に目を向けながら叫ぶ。

しかし、叫べば叫ぶほど洞窟の中で声は重なり、濡《ぬ》れた岩壁に吸い込まれていく。

そのときである。コツン、コツン、と杖《つえ》の音が響き出した。

皆は音のする岩壁を見た。

少し小高くなった岩の上に、悠然と梅田翁が姿を見せる。

少し疲れているようではあるが、その表情には笑みを浮かべている。

「まあ、せっかく来たんだ。席も用意した。そこに座りなさい」

梅田翁が静かに岩の上から声をかけてくる。

誰もがすぐにでも聞いてみたいことがあった。呑気《のんき》に席になど着いている気分ではない。

しかしそんな皆の気持ちを読み取ったらしい梅田翁が制するように、

「いいから、ちょっとそこに座りなさい。坂巻さんたちも座っていただけませんか」

と、繰り返す。

皆は言われるままに席に着いた。偶然ではあったが、昨晩の席順と同じで、その末席に清子たちも揃う。

「まさか、こんなに早く来るとは思ってなかったよ」

梅田翁がゆっくりと岩から降りてくる。

……なんといっても、この台風だ。

もし私がこの島にいることに気づいたとしても、きっと台風が過ぎるのを待ってからやってくるだろうと思ってたよ。

岩から降りてきた梅田翁が、どこか誇らしそうに皆を見回す。

「心配したんですよ！」

我慢できぬとばかりに一雄が声を上げる。

……お父さんが遺言書をシェイクスピアの本に隠したり、宝石は自分の過去にあるなんて、子どもっぽい謎を残したりするもんだから、ここにたどり着くまでずいぶん時間がかかりましたよ。

憤慨はしているが、生きた父親を前にして、一雄の口調には明らかに安堵《あんど》感が混じっている。

「子どもっぽかったか？」

一雄の苦情に梅田翁が笑い出す。

「ええ、子ども騙《だま》しもいいところですよ」

……まさかお父さんがこんな子どもじみたことをするとは思わないから、逆に混乱させられたんですよ。

やはり安堵のためか、一雄は少し涙声である。

「お前たちがここまでたどり着いたということは、きっとお前たちの推理はすべて正しかったんだろう」

……いや、きっとお前たちというよりも、遠刈田さんや坂巻警部のおかげなんだろうな。

梅田翁が恭しく遠刈田たちに一礼する。

「では、やはりあなたが四十五年前……」

性急にそう口にしたのは坂巻だった。

しかしすぐに梅田翁がそれを制し、

「坂巻警部。ちゃんと話しますから、もう少しだけこの物語に付き合ってくださいませんか」

と、静かに諭す。

「物語？」

思わずそうつぶやいた遠刈田は、手にしている古いノートを見た。

一瞬、手にしたノートと何かが繋《つな》がりそうになったのだが、そのひらめきを待たずに梅田翁の話が始まってしまう。

「あなたたちは私の二通の遺言書を見つけてくれた」

梅田翁の声はとても落ち着いている。

……そして、この島にきてくれた。

ということは、きっと、昨晩、私が口にしたシェイクスピアの詩や、ドレスコードのことがヒントになったんでしょうね。

今、一雄が言った通り、少し子どもじみた遊びだったかもしれません。

お許し願いたい。

梅田翁が昨晩と同じ場所に立つ。

椅子はあるが座ろうとはせず、両手を杖に乗せ、またゆっくりと皆を見回す。

「さあ、これからすべてお話ししましょう」

……ずっとこのときを待っていたのか。ずっとこのときから逃げてきたのか。

正直、自分でもよく分からないんですよ。

でも、今日がその日だ。

それだけは私にも分かる。

昨晩と同じだった。

梅田翁の声はよく通り、まるで彼の一人舞台を特等席で観劇しているようだった。

緊張している雰囲気を崩すように、梅田翁が昨晩と同じように呵々《かか》大笑する。

「あ、そうそう」

……一つ、皆さんに伝えたいことがあるんですよ。

昨日、誕生日を祝ってもらったが、実はね、私の本当の誕生日は今日なんだ。

一雄、お前が持っているその二つの戸籍謄本を見てごらん。

一雄が二通の戸籍謄本をテーブルに並べる。

「そこに書かれている梅田壮吾の生年月日と、もう一通にある、砂田幸次の生年月日を読み上げてごらん」

梅田翁に言われるまま、一雄が読み上げた。

……梅田壮吾、昭和十年九月十一日。

砂田幸次、昭和十一年九月十二日。

「え？」

あちこちで皆が首を傾げる。

その反応を楽しむかのように梅田翁がまた呵々大笑する。

「ああ、さっきみんなが向こうの洞窟で推理していた通りだよ」

……私はずっとモニターで見ていたよ。

屋敷のシアタールームに残してきた三つの映画の意味が伝わったのは、我ながら嬉《うれ》しかったな。

ああ、私はね、梅田壮吾ではないんだ。

本物の梅田壮吾が生まれた一年後に、東京の向島区で、砂田幸次として生を受けたのが、本当の私だ。

偶然なんだが、二人の誕生日は一日違いでね。

だから、昨晩せっかく米寿のお祝いをしてもらったが、私の本当の米寿の祝いは、来年の今日ということになる。

皆、なんとなく予想はしていたことだったが、改めて梅田翁の口から真相が語られると、
でも、なぜ？

という至極真っ当な疑問ばかりが膨らんでくる。

「皆の推理通りだよ」

梅田翁が話を続ける。

……簡単に言ってしまえば、私は、この梅田壮吾という人間の戸籍を奪った。

じゃあ、なぜ、そんなことをしたのか？

私はね、東京の空襲で母を失った。母はね、私の目の前で焼け死んだよ。

そして、勝つはずの戦争が終わった。

家もなかった。いくら待っても、父親は戦地から帰らなかった。焼け野原で路頭に迷った私が向かったのが、上野駅だ。

さっき、皆も古いフィルム映像を見ただろ。実はね、あそこに映っているのが本当の私なんだよ。

檻《おり》の中からカメラに向かって笑いかけている少年の一人が、私なんだよ。

私はね、上野駅で二年近く暮らした。

いや、暮らしたなんて言葉はまったく当てはまらない。私たちはあの上野駅で二年近く死ななかった。

さっきフィルムでも見ただろう。

ある日、私はね、狩り込みに遭ったんだ。

連行されたのは、九州の素封家が作ったという浮浪児育成施設のはずだった。

でも、そんな場所はどこにもなかった。檻に入れられたまま連れて行かれた場所は、上野駅よりももっとひどいところだった。

炭坑の下働きというのがどんなものか想像がつくか？

正規の炭坑夫でさえ、命の危険と隣り合わせの仕事だよ。その下働きというものがどういうものか、想像がつく人はいるか？　身寄りのない浮浪児と呼ばれた子どもたちに与えられる仕事がどんなものだったか、想像がつくかい？

だから、私はね、逃げ出したんだ。

辛《つら》くてね。

上野駅での辛かった毎日が、懐かしくなるくらい辛くてね。

同じように強制的に働かされていた子どもの中に、福岡の八幡から連れてこられていた子がいた。妙に気があってね、仲良くなった。彼の名前はもう忘れてしまったが、その彼の親友が梅田壮吾という少年だった。彼はね、その親友、梅田壮吾のことをいろいろと教えてくれたんだよ。

二人でどんなことをして遊んでいたか。どんな性格だったか。そして、どんな風に彼や彼の一族が、空襲で死んでいったか、を。

炭坑を逃げ出したあと、私は仕事を探した。

でも、身寄りのない浮浪児を雇ってくれるほど、まだ時代には余裕がなかった。

そんなある日だ。

空襲で消失した戸籍を作り直しているという話を耳にしたんだよ。

私は役場に向かった。そして梅田壮吾を名乗った。幸い、梅田家の戸籍は焼け残っていて、簡単な手続きで済んだ。本物の梅田壮吾を含め、回漕店を営んでいた一族の者たちはすべて空襲で死亡していたからだ。

役場の係官は、その場で新しい戸籍謄本を作って私にくれた。

運というのは巡ってくるときには巡ってくるものだ。

そのとき私と係官の話をそばで聞いていたのが、その後、私を雇い入れてくれることになる佐賀の呉服問屋の主人だった。

彼はこう言っていたよ。

「梅田丸の親方には世話になったんだ」

……そうかそうか、あんなに小さかった子が、こんなに大きくなったのか。

困っているのなら、今日からでもうちに来なさいってな。

その日から、私は梅田壮吾として生きてきた。

そして、梅田壮吾としての私の人生は、皆が知っての通りだよ。

遠刈田は以前に調べた梅田壮吾の経歴を思い出していた。

戦前に生まれ、佐賀市内の呉服問屋での下働きから身を起こした苦労人で、若くに独立して開いた小さなスーパーマーケットが高度成長期の波に乗り、独自の流通システムと独特な顧客主義で事業を拡大。

そう。どの雑誌にも書かれていた例の有名なプロフィールである。

ここまで壮吾の話をじっと聞いていた皆の間に、少し動揺するような空気が流れたのはそのときである。

すると、その空気を察したように坂巻が口をひらいた。

「梅田翁」

そう問いかける坂巻の声は、とても穏やかである。

……私は、あなたに騙されたんですね。

自身の敗北を認めるというよりも、敵を讃《たた》えるようにさえ聞こえる。

「藤谷詩子さんの件ですよね？」

梅田翁が目を伏せる。

「ええ」

……いや、私たちの間に、それ以外の何かがありますか？

坂巻の言葉はどこか寂《さみ》しげでもある。

……実は、さっき、一雄さんからある重大な真実を告白されたところなんです。

あの日、あなたはキャンプ場にいなかった。

まだ幼い一雄さんを、たった一人で森の中に残し、どこかへ行った、と。

いや、どこか、なんてもう回りくどい言い方はやめます。

あなたは、東京に行ったんだ。そして藤谷詩子さんと会ったんだ。

坂巻の言葉が熱を帯びる。

まるで二人は互いに、若い自分たちの姿を見ているようだった。四十五年前、まだ漲《みなぎ》るような自信に満ちていた壮年の自分たちの姿を。

「坂巻警部」

しかし、梅田翁が、その流れを止めてしまう。

……少しだけ待ってもらえませんでしょうか。

藤谷詩子さんの件については、必ず正直にお話しします。

ただ、その前にこの老人の昔話に、もう少しだけお付き合い願えませんでしょうか。

そう言うと、梅田翁はやっと自席に腰を下ろした。

そして、その場にいる者たちの顔を、ゆっくりと一人一人見つめ始めた。

「皆も付き合ってくれないか。もう少しだけ、この老人の昔話に」

改めて見れば、皆、ひどい姿だった。

髪や顔はもちろん、全身ずぶ濡れで、肌寒い洞窟の中、すでに身震いしている者もいたほどだった。

16

焼け死んだ母を、見知らぬ男が荷車に載せた。

荷車には他にもいくつもの遺体が載せられていた。もう男とも女とも、少女とも老婆とも見分けのつかないものが乱暴に積まれていた。

死んだ母が載せられた荷車のあとを、砂田幸次はとぼとぼと追った。

不思議と、焼け野原となっていたはずのこのときの風景は記憶にない。あるのはただ、荷台で揺れる母の腕だけだ。

荷車が止まると、男は大きな穴の中に母を投げ捨てた。

男は軽々と投げた。

あまりにも軽そうで、母が穴の向こうにまで飛んでいってしまわないかと幸次は心配した。

母の体は穴に滑り落ちながら、見たことのない具合に曲がった。

荷台の遺体をすべて穴に投げ落とした男がふり返った。

ずっとついてきている幸次のことには気づいていたようだった。

「坊主、行くところはあるか?」

と、男に聞かれた。

幸次は、

「ない」

と首を振った。

きっと男が自分の行くべき場所を教えてくれるのだろうと思った。しかし男は、

「そうか」

と、つぶやいただけで行ってしまった。

その表情には何もなかった。

憐《あわ》れみも。

同情も。

申し訳なさも。

そして、こんな顔が、その日から幸次の生きていくことになる街にはあふれた。

行くあてもなく上野駅に着いたとき、構内から自分よりも小さな男の子の遺体が、トタン板に載せられて駅員たちによって運び出されるのを幸次は見た。

はだけた肌着の下に、肋骨《ろっこつ》が浮き出ていた。まるで野良犬の死骸《しがい》のようだった。

このまま暗い構内に入ってしまえば、自分もまたあのような姿になって運び出されてしまうような気がして、幸次は入口の階段に腰を下ろした。

腹が減って仕方なかった。

母の細い息を看取《みと》るまでの数日間、近くにあった井戸の水だけで過ごしていた。

幸次は階段で目を閉じた。このまま自分が死ぬのだろうと分かっていた。それでも縫いつけられ

たような瞼《まぶた》を開ける力は残っていなかった。

あとになって聞いた話によれば、幸次はそこで丸二日も眠り続けていたらしい。目を覚ましたとき、誰かに膝枕《ひざまくら》をされていた。

痩《や》せて細い太ももで、すぐに母ではないことは分かった。

目の前に蒸したさつま芋があった。

薄っぺらな一枚だったがそれでも芋の匂いがした。

幸次は無意識に口をあけた。

「あ、みっちゃん、見てよ」

そのとき少年の笑い声がした。自分に膝枕をしてくれている子らしかった。

……ほら、こいつ、目より先に口あけたぞ。

よほど面白かったのか、骨張った太ももが大きく揺れた。

口の中に押し込まれた蒸し芋を、幸次は夢中で咀嚼《そしやく》した。

芋はあっという間に口内でとけてしまったが、その甘い後味がなくなるまで、幸次は唾《つば》をため、何度も飲み込んだ。

重い体を起こすと、二つの顔があった。

のちに分かることだが、膝枕をしてくれていたのが、幸次と同じ年のケロという少年で、その隣にいたのがみっちゃんという少し年上の少女だった。

二人はもう何週間もこの上野駅で生活していると教えてくれた。

夜が明けたら駅員に追い出されないように隠れ、闇市がひらけば二人で物乞《ものご》いをし、何ももらえなければみっちゃんが見張っている間に、ケロが蒸し芋などを盗むのだと教えてくれた。

二人とも、どうしてここに来たのかとか、どうしてこんな生活をしているのかとか、両親や兄弟がどうしているとか、暮らしていた家がどうなったかとか、そういった類《たぐ》いの話はまったくしなかった。

その代わり、闇市のどこのおじさんの店が盗みやすいだとか、夕方の遅い時間なら残飯シチューの食べ残しをもらえることがあるだとか、そういったことばかりを幸次に教えてくれた。

あっという間に一週間や二週間は過ぎた。

二人と友達になったかといえば、そうとも言えない。

あっという間に過ぎていく日々で、毎日のように目にしていたのは、力尽きトタン板に載せられて駅から運び出される、自分と同じような子どもたちの遺体だった。

夜が明ければ、邪険にする駅員から身を隠し、その日のわずかな食べ物を手に入れるために街を奔走する。

簡単に言ってしまえば、友達になるヒマなどなかった。

食べ物にありつけた日には、一日があっという間だった。

逆にいつまでも空腹を抱えていると、駅の時計は止まっているようにしか見えなかった。

そんな日の夜は、ただじっと冷たい構内の床に空腹の腹を押しつけて寝た。

あまりの空腹に食べ物の夢ばかり見た。

また同じ夢を見るのが怖くて、幸次は隣で寝ているケロやみっちゃんに話しかける。

「俺は兵隊になるのが夢だ」と幸次は言った。

「俺は小説家になるのが夢だ」とケロは言った。

幸次は小説なんてまだ読んだことがなかった。

そんな幸次に、ケロは自分が読んだり作ったりした少年向けの探偵小説や冒険小説の話をしてくれた。

幸次はケロの話を聞くのが好きだった。聞いているときだけ、不思議と空腹感を忘れられた。中でも幸次が好きで、何度も話をねだったのが、『地底人と戦車部隊』という物語だ。出てくる登場人物たちの勇敢さにワクワクさせられた。次は何を発見するのだろうかと、その展開にドキドキと胸も高鳴った。

みっちゃんは、そんな幸次たちを子ども扱いして笑っていた。

「地底人なんているわけないじゃない」

「その麗人は、昨日、洞穴で死んだんじゃなかったっけ？　話がごちゃごちゃになってるよ」

「ねぇねぇ、どうして、地底人は私たちの言葉が分かるのよ」

みっちゃんはいちいちケロの話に茶々を入れる。

それでも、みっちゃんが入れる茶々のタイミングが絶妙で、幸次はもちろん、話しているケロでさえ、声を上げて笑ってしまう。

場所は上野駅の薄暗い構内だった。埃《ほこり》とネズミの糞《ふん》と小便の臭いが充満していた。

季節が変わり、コンクリート床に薄い毛布を敷いただけでは、笑ってでもいなければ身震いが止まらないほどの寒さになった。

三人の周囲には踏む場所もないほどの浮浪児たちが雑魚寝《ざこね》していた。誰もが隣で眠る誰かの体で暖を取ろうとした。

三人の楽しげな笑い声を「うるさい」などと咎《とが》める者などいなかった。

幸次たちに、他の子たちが母を呼ぶ泣き声や、腹の痛みに苦しむ声が聞こえなかったのと同じように、他の子たちにもまた、あんなにそばにいたのに、幸次たちの笑い声など聞こえていなかったのだろう。


終戦の夏から恐ろしく寒い冬が来て、また夏になった。

その夏が終わり、また恐ろしく寒い冬を耐えた。

幸次たち三人は、まだこの上野駅で生きていた。いや、まだあの上野駅で死んでいなかった。

駅の浮浪児たちの素行が社会問題となり、狩り込みと呼ばれる浮浪児一斉検挙が始まったのは、ちょうどそのころだった。

もうそのころには幸次もケロもみっちゃんも、一端《いっぱし》の物乞いであったし、一端のスリであったし、一端の駅の子どもだった。

そして子どもの目にも、少しずつ駅の外では新しい時代が始まっているのが分かった。

もんぺではなく、着物姿の女の人が増え、荷車ではなく、トラックが土埃を上げていた。

変わっていないのは駅の子どもたちだけだった。

あいも変わらず、その日に食べる蒸し芋のことだけを考えていた。

このころ、今までは大目に見てくれていた闇市の大人たちの態度がまず変わった。

盗みを見咎められた幸次とケロは、立てなくなるまで木刀で殴られた。

ケロはこのときの暴行で、右脚が付け根から歪《ゆが》んでしまい、杖《つえ》がないと歩けなくなった。

ケロの分まで、幸次とみっちゃんが働いた。

そんなある日、幸次はひどい腹痛を起こした。高熱と脂汗と悪寒と吐き気で、何度も意識を失った。

ただ、ふと意識が戻ると、横でケロがずっと痛む幸次の腹や背中をさすってくれている。

おそらく幸次が気を失っている間もずっと。

苦しくて泣いている間もずっと。

優しい子だった。ケロは本当に優しい子だったのだ。

数日で腹痛はどうにか治まったが、体力はなかなか回復しなかった。

それでもいつものように、みっちゃんと二人で幸次が残飯をもらいに行こうとすると、その日に限って、

「ついて来るな」

と、みっちゃんが言った。

とても険しい表情だった。そしてどこか悲しそうだった。

「あんたは、まだ休んでていいから」

それでも一人で姿を消したみっちゃんが心配で、幸次は彼女のあとをつけた。

みっちゃんが向かったのは、いつも女たちが立っている場所だった。

そこの女たちが男たち相手に何をやっているのか、実は幸次はまだよく分かっていなかった。

それでも十歳の幸次には幸次なりに、それがみっちゃんを今よりももっと惨めにさせることだけは分かっていた。

幸次の目の前で、みっちゃんの細い腕を引いていったのは、若い復員兵だった。

自分自身も汚い歯で、ひどく汚れた服を着ているくせに、

「お前、風呂《ふろ》はいつ入った？」

と、みっちゃんにきいた。

二人がぬかるんだ路地の奥に消えようとしたとき、みっちゃんが振り向いた。

幸次は慌てて隠れようとしたが間に合わなかった。

二年近くも、駅で一緒に暮らしていた。

もう泣くことも忘れてしまうくらいの辛《つら》い日々だった。

それでもみっちゃんの笑顔がずっと支えになっていた。

それなのに、このときのみっちゃんの顔が、男に手を引かれていく怯《おび》えきったみっちゃんの顔だけが、その後、幸次の記憶の中に残ることになる。

みっちゃんが街に立つようになっても、駅での三人の暮らしは続いた。

三人で川の字になり、いろんな話をした。

話をしていなければ、寂しくてたまらなかったのだと思う。

狩り込みの恐怖やこれからの不安から、幸次たちを救ってくれるのは、ケロが毎晩のように話してくれる冒険小説だった。

幸次は夢中になって聞いた。

みっちゃんは、いつになっても、その間違いや矛盾に面白おかしく茶々を入れていた。

じゃあ、昨日の続きを話すよ。

昨日はどこまでだっけ？

あ、そうそう。エジプトの王妃がつけていた宝石が、どこかに隠されてるってところだよね。

それはそれは、大きな宝石なんだ。王妃が亡くなったときに一緒に埋葬されたんだけど、それを盗賊たちが掘り起こして売り飛ばしたもので、それが世界中を巡り巡って、ある富豪が手に入れた。

この富豪は宝石を、とある島の地底に隠した。

その際、隠し場所を地図にして残しておいたんだよ。

「だから、そこまでは聞いたよ。でも、その地図が見つからないんだろ」

幸次が急《せ》かす。

「いや、地図が見つからないんじゃなくて、富豪本人が消えてしまったんだよ」

……富豪の古希のお祝いの翌朝、とつぜん屋敷から姿を消したんだ。

「富豪が？　なんで？」

だから、それをこれから話すんだよ。

一族の者たちは、消えた富豪を捜した。お祝いに呼ばれていた科学者たちも一緒にだよ。

この辺りで、

「ああ、また科学者が出てきたってことは……」

と、みっちゃんが茶々を入れるが、先を聞きたい幸次は、そのみっちゃんの口を手で塞《ふさ》ぐ。

「いいかい、じゃ、話を続けるよ」

ケロの再開の合図に、幸次は、

「うん、続けて」

と、体を起こす。

「お祝いの翌朝、富豪はとつぜん消えたんだ」

……広い屋敷のどこにもいないし、屋敷から出て行った痕跡《こんせき》もない。

すると、富豪の部屋で遺言書が見つかったんだよ。

そこにはこう書かれてあった。

「私の遺言書は、昨晩の私が持っている」

って。

昨晩の私？

一族の者は、必死に考えたさ。

昨晩は芸者たちを上げての楽しい祝いの宴《うたげ》だったんだ。

そのとき、ある一族の者がふと気づいたんだよ。

昨晩、珍しく酒に酔った富豪が、バイオリンを披露したことを。

そして、富豪が弾いたのがバッハの無伴奏って曲だったことを。

皆は早速、富豪の部屋へ向かった。本棚を調べてみると、その曲の楽譜がある。

二通目の遺言書が見つかったのは、その楽譜の中だったのさ。

「二通目の遺言書？」

幸次は思わず興奮してたずね返す。

「ああ、二通目の遺言書があったんだよ」

……そして、そこにはこう書かれてあった。

「エジプトの宝石は、この地図に書かれた場所にある」

ってね。

それが地底へと繋《つな》がる地図だったんだよ。

「ああ、やっぱりだ」

この辺りでみっちゃんが呆《あき》れたとばかりに声を上げる。

……ほら、やっぱりまた地底人が出てくるんだよ。

何万年も地底で生き続けてる知能の高い地底人たちがこれから登場でしょ？

笑い出したみっちゃんの口を押さえて、ますます先を知りたい幸次は、

「で？」

と、ケロの顔を覗《のぞ》き込む。


不思議なもので、終戦から時間が経ち、世間に落ち着きが戻ってくればくるほど、幸次たち駅の子たちを気にかけてくれる大人は少なくなっていった。

本来なら、世間に余裕が出てくれば出てくるほど、不幸な子たちに向けられる目は多くなるはずなのに、現実というのは本来の姿とは違うらしく、幸次たち駅の子に向けられる蔑《さげす》みの目はますます厳しくなっていったのである。

道行く大人だけではない。

国もまた、そんな幸次たちに、おにぎりの一つもくれなかった。

大人たちはただ、駅の子である幸次たちをじろーっと眺める。しかし決して近寄ってこない。そして目が合えば、まるで伝染病でも感染《うつ》されるかのように逃げてしまう。

あれは二度目の夏を迎え、駅の構内には臭気がこもっていたころだ。

そのころには毎日のようにあった狩り込みで、駅の子たちもだいぶ数が減っていた。

そんなある日のことだ。

晴れ着姿の母親に手を引かれた少年が、じっと幸次たちを見ていた。

ジロジロ見られることになど、もうすっかり慣れていたはずなのに、なぜかその少年の真っ直ぐな憐れみの目が、その日に限って苦しかった。

少年は真新しい夏の制服を着ていた。

あまりジロジロと物珍しそうに駅の子を見る我が子を、母親は慌ててその場から連れ去った。まるで野良犬から我が子を守るように。

そんな母子の様子を、ケロは無表情でずっと眺めていた。

「学校の行事帰りかな?」

幸次は何気なくそうつぶやいた。

少年の真新しい夏服が眩《まぶ》しかった。

しかしケロは返事をしなかった。

このころ、ケロが塞ぎこむことが多くなっていた。

「ケロ?」

返事をしないケロに、幸次は声をかけた。

「あの子の夏服、きれいだったね」と。

するとケロは、

「うん」

と、小さくうなずくと、何も言わずに駅の階段を上がっていった。

このとき、杖をつきながらホームへの階段を上がっていくその後ろ姿を幸次は今でもはっきりと覚えている。

ケロはまだ十歳だった。

大人になったら、小説家になって冒険小説を書くのが夢だった。そしてケロなら、きっとその夢を叶《かな》えたはずだ。

翌朝、ケロは眠るように亡くなっていた。前の晩、冷凍人間が出てくる話を最後までしてくれた。

大人になって冒険小説を書いている夢を見ているような死に顔だった。

戦争を始めたのは大人たちだった。でも、夢から覚められなかったのはケロだ。

ケロを殺したのは、誰だ?

優しい子だったんだよ。

ケロは……、ケロはね、博識で、いろんなことを知っていた。ケロにどれほどの可能性があったか。どれほどの夢があったか。

本当に優しい子だったんだよ。

もうどれくらい時間が経っていたのだろうか。

洞窟《どうくつ》の中で始まった梅田翁の話に、皆はじっと聞き入っていた。

洞窟の穴から少し陽が差しこんでいた。

あんなに激しかった台風も、すでに九十九島を通過して、ほんの一瞬、晴れ間が差したのかもしれなかった。

「本当に優しい子だったんだよ」

と言ったきり、梅田翁はじっとある一点を見つめている。

皆が囲む長テーブルの一点なのだが、まるでその一点に、当時の上野駅の光景がはっきりと映っているような目をしていた。

「私が狩り込みに遭ったのは、ケロが亡くなった次の日だったよ」

長い沈黙のあと、梅田翁がまたゆっくりと口をひらく。

……夜襲をかけられてね。

寝ているところを一網打尽だ。

ただ、私はね、その直前に妙な予感で目を覚ましてね。寝ていたみっちゃんを起こすと、二人でいつもの通気口に逃げ込もうとした。

でも、ほんの一瞬の差で、間に合わなかった。

ただ、みっちゃんだけはなんとか通気口に押し入れていた。

でも、自分が続けば、自分だけでなく、みっちゃんまで引きずり出される。

考えてみれば、みっちゃんがいなければ、私もケロも、あんな場所では生きてはいけなかったと思うよ。

少しだけ年上だったみっちゃんは、私やケロにとっては、姉であり、母親でもあったんだと思う。

いつもみっちゃんを挟んで、三人で寝た。

怖くて眠れずにいると、いつもみっちゃんが、私やケロの頭を眠るまで撫《な》でてくれたんだよ。

そんなみっちゃんの手を握っているとね、とても安心できた。とても冷たい手だったけど、それでもゆっくりと眠れたんだ。

このまま眠って明日の朝になれば、こんな惨めな生活がぜんぶ夢で、元気な両親が迎えにきてくれるんじゃないかって、そう思えたんだよ。

だからね、毎晩、強く握った。

みっちゃんの、あの冷たくて細い手を、折れるんじゃないかと思うくらい、私とケロは強く握っていたと思う。

みっちゃんはね、そうすると、いつももっと強く握り返してくれるんだ。

みっちゃんはね、そんな子だったんだよ。

夜襲をかけられたとき、みっちゃんを通気口に押し込んだのが、私がみっちゃんを見た最後だった。

みっちゃんは、私も通気口の中に引き入れようと腕を伸ばした。でもその手を摑《つか》めば、警官に見つかってしまう。私はね、警官の前に走りでたよ。まるで袋小路に追い詰められたネズミみたいに怯え切った顔をしてね。

警官は満足そうだった。そんな私の頭を、何度も何度も、もう抵抗もしてない私の頭を、何度も何度も、ゲンコツで強く殴った。

首根っこを摑まれて連行されながら、私は振り返りたかった。でも、必死で我慢した。

そう。分かってたんだ。

こんなことでしか、これまで世話になったみっちゃんに、大好きだったみっちゃんに、私は恩返しができないって。

そして、私はみっちゃんと生き別れた。

もう皆、気づいてるだろう。

そう。このみっちゃんこそが、藤谷詩子さんだよ。

17

さっきまでの晴れ間は、雨雲のいたずらだったらしかった。

洞窟に差し込んでいた日差しは消え、また滝の音に混じって雨音が聞こえてくる。

梅田翁が言う通り、それはもう、皆が予想していたことだった。

だが、改めて梅田翁の口から、その事実が告げられたとき、皆は押し黙るしかなかった。

沈黙を破ったのは、坂巻である。

「胸が潰《つぶ》れるような思いで、今、私は、梅田翁の話をうかがいました」

……ええ、もちろん。

終戦後にそのような駅の子どもたちが大勢いたことは知っていました。

でも、知っているというのは、結局、そのとき駅の子たちをジロジロと見るだけだった当時の大人たちとなんら変わりがないということだと思います。

坂巻の言葉に、梅田翁は少し微笑んだ。

「しかし、梅田翁」

……私はあなたにお聞きしなければならないことがある。

坂巻はきっぱりとそう言った。

ここにいるのは、ほとんどがあなたの身内の方々です。

あなたの不幸な過去の先にある真実を知りたくないと思っている人の方が多いかもしれません。

でも、だからこそ私は、ここに呼ばれたのだろうと思っています。

ですから、ここで皆さんに代わって、私があなたにお聞きします。

意を決した坂巻を促すように、梅田翁が小さくうなずく。

「四十五年前の夏、多摩ニュータウンに暮らす藤谷詩子という女性がとつぜん失踪《しっそう》しました」

……私たち警察の調べでは、この失踪は彼女の意思からとは思われなかった。

何者かがとつぜん彼女を、あの団地からスーパーへ向かう途中に拉致《らち》したとしか考えられなかった。

とすれば、やはりあなたが彼女の失踪に関係しているとしか思えない。

しかし、その動機さえ、私にはまだ想像もつかない。

もしかすると、ヒントとしてあなたが私たちに残した三本の古い邦画のように、社会的に成功していたあなたを彼女が脅しにきたのかもしれない。

いや、あの映画と同じなら、彼女はただ、その成功を祝ってあげたくて、あなたに近づいてきたのかもしれません。

でも、彼女は、あなたが梅田壮吾ではなく、砂田幸次だということも知っていたはずです。

とすれば、どんな理由があれ、彼女の出現はあなたにとって喜ばしいことではなかったはずだ。

あの日、あなたは、藤谷詩子さんを拉致した。そして、あなたは彼女を殺した。

坂巻の声は徐々に力強くなっていった。

まるで言葉を紡ぐごとに、四十五年前の精悍《せいかん》な自分に戻っていくようだった。

その場にいる誰もが、真実を知りたがっていた。

その真実がどんなにおぞましいものであるにしろ、一刻でも早く、梅田翁本人の口から、その真実が語られるのを待っていた。

「実は、私とみっちゃん……、いや、藤谷詩子さんが再会したのは、あの失踪事件から五年も前のことなんですよ」

ふいに梅田翁の口からそんな言葉が出てくる。

「ご、五年も前？」

坂巻の声がうわずった。

「ええ」

梅田翁が静かにうなずく。

……坂巻さんたち警察は、私と彼女があの失踪事件の数ヶ月前から会うようになったと仮定していました。

そこに大きな間違いがあった。

実際には、あの失踪事件から五年前の夏に、私は藤谷詩子さん、いや、みっちゃんと偶然に再会していたんです。

その夏、梅田翁はあるニュースを新聞で読んだという。

それは終戦後に上野駅の構内で亡くなった戦災孤児たちの慰霊碑が、上野のある寺に建立されたという記事だった。

梅田翁は居ても立ってもいられず、すぐに上京してその寺を参拝した。

というのも、偶然にもその日が、ケロの命日だったのである。

そして奇跡が起きた。

慰霊碑の前に花を手向ける女性がいた。

もうずいぶんと時間は経ていたが、その横顔がみっちゃんだということはすぐに分かった。

梅田翁は膝《ひざ》から崩れるように、その場にうずくまったという。

「私はね、彼女のことを忘れたことなど一度もなかったよ」

……狩り込みで捕まって、生き別れになって以来、一度たりとも、彼女のことを忘れたことはなかった。

今、思えば、初恋の人だったんだ。初恋の人で、命の恩人で、最愛の人。

独立して始めたスーパーが軌道に乗って、生活に少し余裕が出てきたとき、まず私がやったのは、彼女を見つけ出すことだった。

何人の探偵に、彼女の捜索を依頼したことか。

でも、手がかりがないんだよ。

三つ編みのみっちゃん。

そう呼ばれていた上野の駅の子を、今になって捜し出してほしいという願いが、どれほど無謀なことなのか、それを思い知らされるだけだった。

でも、私はね、一度たりとも彼女のことを思いださない日はなかった。

慰霊碑に手を合わせていた女性が、梅田翁の方を見たのはそのときである。

一瞬、時間が巻き戻された。二人の間に、当時の記憶が一斉に蘇《よみがえ》った。

そこではケロが笑っている。駅前の闇市を走り回る三人がいる。

慰霊碑を離れ、ゆっくりと近寄ってきたみっちゃんも、そこにうずくまっているのが誰だか、気づいていたという。

二人は何も語らず、ただ互いの手を取り合った。

みっちゃんは、梅田翁の活躍を新聞や雑誌で知っていたらしかった。

名前は変わっていたが、顔には面影が残っていたし、なによりも、この時代の寵児《ちょうじ》がインタビューで語る言葉の中には、そのヒントが山ほどあった。

「子どものころは、地底人が出てくるような冒険小説に夢中でした」

「バッハの無伴奏が好きです。独奏なのに、まるで三人が弾いているようでしょう」

そう。あのころ、上野駅の片隅で、物知りのケロが話してくれたいろんな知識が、まるでケロを供養するように語られていたからだった。

二人は奇跡的な再会を喜んだ。

だが、梅田翁が誘った食事を、みっちゃんは断った。

お互いに、もう別の世界で生きている。

あのころのことは、もちろん懐かしい。でも懐かしければ懐かしいほど、苦しくて仕方がなくなる、と彼女は言った。

二人はその場で別れたという。

ただ、やはり梅田翁は別れがたく、一つだけ約束をした。

毎年、ケロの命日に、ここで会いましょうと。

彼女はその約束を守ってくれた。

その翌年、そして次の年にも、彼女はケロの命日に花を持って慰霊碑にやってきた。

みっちゃんとは、いつもその慰霊碑のそばで長話をした。

ケロの命日は夏の盛りだったが、幸い、涼しい日が多かった。

まるでケロが空から風を吹かせてくれているようだと、二人は夏空を見上げた。

日がくれるまで、二人でいろんな話をした。

ただ、お互いの口から出てくるのは、上野駅で暮らしていた当時の、それも苦しかった思い出ではなく、三人で笑い合った日々のことばかりで、決して今の自分たちの話をすることはなかった。

「ケロは本当に物知りだったもんね」

みっちゃんが懐かしそうにつぶやく。

「俺はね、あのころケロが教えてくれた本や音楽や芝居なんかを大人になって貪《むさぼ》るように読んだり、聴いたり、観たりしてるよ」

「私もそうなのよ。当時、シェイクスピアなんて知ってる子は、ケロくらいだったんじゃないかな」

「みっちゃんは、そういう話が好きだったみたいだけど、俺がやっぱり一番楽しみにしたのは、ケロが話してくれる冒険小説だったなぁ」

「ああ。毎晩のように聞いてたもんね」

「なかでもさ、俺はね、地底人が出てくる話が大好きでさ」

梅田翁、いや、幸次の思い出話は止まらない。

……今になって思うと、なんであんなに地底人の話が面白かったのか、よく分からないんだけど、もしかすると、地底人のことが、駅の地下で暮らしてる自分たちの仲間みたいに思えてたのかなって。

未《いま》だに好きだった話は、そのタイトルまで覚えてるよ。

『地底人の王国』『地底人と戦車部隊』『地底怪獣と冷凍人間』……。

梅田翁の話に、みっちゃんはまるで当時に戻ったような茶々を入れた。

「いっつも出てくるのよね。地底人と科学者が」と。

四年目のケロの命日だった。

あいにくの雨であったが、みっちゃんはいつも通りにやってきた。

さすがに外で立ち話する空模様ではなく、二人は寺のそばにあった小さな喫茶店に入った。

場所が変わったせいかもしれない。一年に一度とはいえ、もうずいぶんといろんな話をしたせいかもしれない。

喫茶店でコーヒーを飲み始めると、ふいにみっちゃんが今の自分の暮らしについて話を始めたのだ。

とても小さな声だった。

上野駅を出た彼女が、これまで過ごしてきた人生の一日一日をすべて恥じているような話し方だった。

彼女が上野駅で暮らすようになったのは、両親や家を空襲で失ったからだ。

空襲のあと、千葉で農家をやっている親戚《しんせき》を頼ったらしかったが、そこの息子たちに乱暴された。その家には、おばさんも、従姉妹《いとこ》たちもいた。だが、誰も彼女の味方にはなってくれなかった。

親戚の家から逃げ出して向かったのが上野駅だった。恐ろしくてなかなか中には入れなかったのだが、そこで声をかけてくれたのが、ケロだった。

ケロは、大人用のランニングシャツを着ると、ワンピースみたいになるほど、小さな男の子だった。

にもかかわらず、初めて会ったとき、ケロは拾い集めたタバコを一端に咥《くわ》えていた。

幸次が駅の階段で倒れているのを見つけたのは、それからしばらく経ってからのことだ。

以来、三人は片時も離れなかった。

駅の冷たい床の上で、三人で腹を空《す》かせ、三人で逃げ回り、三人で笑い、三人で寝た。

そして、ケロがいなくなった。

そして、すぐに幸次が狩り込みに遭った。

通気口の中から、みっちゃんはずっと警官に連行される幸次を見ていたという。でも、何もできなかったと。

上野駅を出たみっちゃんは、夜の街に立つようになる。

また夏が来て、冬になった。

街に立っていた他の女たちと同じように、彼女もまた、気がつけば、その手の店で身を売るような女になっていた。

自分でも驚くほど自然にそうなっていたという。

まるで生まれたときから、決まっていた人生をまっすぐに生きているようにさえ思えたと。

ただ、客がいない夜など、狭い自分の部屋でそのシミだらけの天井を見つめていると、いつも幸次とケロの顔が浮かんだらしい。

もし幸次とケロが、まだ一緒にいてくれたなら、きっと自分には別の人生があったのではないだろうかと思えたらしい。

彼女がその手の店を辞めて、日本料理屋で働くようになってからのことは、遠刈田たちが坂巻から聞かされていた通りだった。

彼女はそこで布団問屋に勤める藤谷浩太郎という男に求婚され、所帯を持つ。

やっと幸せになれるはずだった。

しかしこの藤谷浩太郎という男は、彼女を幸せになどしなかった。

酒癖が悪く、酔えば、彼女の昔の仕事について罵倒《ばとう》した。

知っていて結婚したのだろうと、いくら彼女が許しを請うても、だからこそ、そんな自分が一番腹立たしいんだと、さらに暴れたという。

ときには、食べ物を口に入れられなくなるほど、この藤谷浩太郎という男は彼女の顔を殴っていたという。

梅田翁は静かに語り終えた。

また雨雲が切れたのか、洞窟《どうくつ》の奥に陽が差し込んでいた。

その場にいる誰もが、まるで藤谷詩子が見た地獄と同じものを見ているようだった。

どれくらい沈黙が続いただろうか。

意を決したように口を開いたのは、一雄だった。

「じゃあ、お父さんは、その藤谷詩子さんという人を、その暴力を振るう夫から救おうとしたんですよね？」

……いや、きっとそうだ。

それが何かの間違いで失踪事件になったんでしょう？

一雄は祈るように手を合わせている。

そんな一雄に、梅田翁がまたゆっくりと語りはじめる。

「彼女はすでに余命宣告されていたんだよ」

……私にすべてを語ってくれたときには、もうすでに。

彼女は、泣いてた。

そして、早く死にたいって言うんだ。早く、こんな人生は終わらせたいって。そして、こんな風にも言った。幸次くん、あなただけなのよ、って。私やケロには見られなかった世界を、あなただけは見られたのよって。私とケロは、結局、あの上野駅の景色しか知らずに生きてきた。でも、あなただけは、きっと必死に努力したんでしょうね。あんな暗くて不潔な場所とはまったく違う景色を見られるようになった。

そして、それがね、私の誇りなのよって。

もしも私みたいな人間の人生にも、何か価値があったとしたら、そんなあなたに、ほんの少しでも感謝されたことがあったってことなのよって。

私はね、彼女の話を聞きながら声を上げて泣いたよ。

喫茶店にいた他の客たちの目なんて、まったく気にならなかった。バカにされるような視線なら、もう慣れっこだったしね。だから我慢せずに泣いたよ。声を上げて泣いた。

そして、彼女にこう言ったんだ。

違うって。

あなたはこんな人生を送るべき人ではない。

あなたはこんな風に人生を終わらせる人ではない。あなたは、私なんかよりもっといい、もっと素晴らしい世界を見るべき人だって。

彼女はね、泣きじゃくりながらそう言う私の手を強く握ってくれた。

あの上野駅で、眠れない夜に握ってくれたときと同じように。

でも、またこう繰り返すんだ。

私は死にたいって。

早くこの人生を終わらせたい。自分の辛《つら》い人生の終わりくらい自分で選びたいって。

梅田翁の話に引き込まれていた遠刈田は、ふと我に返った。

周りを見回すと、誰もが感極まったように梅田翁の話を聞いていた。きっと誰もがもう、その後に起こったことを想像していたのだろうと思う。ああ、きっと梅田翁が彼女の願いを叶《かな》えてあげたのだろうと。
　それが失踪事件の真相なのだということを。
　遠刈田はゆっくりと立ち上がった。
　皆がそんな遠刈田を見つめる。
「梅田翁」
　遠刈田は静かに声をかけた。
……ということは、あなたが、彼女の希望を叶えてあげたんですね。
　それが、四十五年前の「多摩ニュータウン主婦失踪事件」の真相なんですね、と。

18

それが真相なんですね。

そうたずねた遠刈田ではあったが、梅田翁の返事を待たずに、

「でも」

と、自らすぐに言葉を繋《つな》いだ。

……いや、でもですよ。

そうすると、私にはちょっと疑問が出てくるんです、と。

というのも、もし、梅田翁あなたが、余命いくばくもなかった藤谷詩子さんの思いを遂げさせてやろうとしたのであれば、なにも彼女がスーパーへ向かう途中に、とつぜん拉致《らち》する必要なんかなかったはずですよね？

だって、彼女はある意味で合意していたわけですよね？

あなたに自分の最期を任せた。

でも、それならば、きちんと準備をして、あなたに会いに行けばいい。

いくら夫の浩太郎がひどい男だったとはいえ、彼女を監禁していたわけではないのですから。

と、考えるとですね。

私には、この四十五年前の失踪《しっそう》が、やはり藤谷詩子さんの合意の上でなされたものではなかったと思えてくるんです。

とすると、あなたが、彼女の思いを遂げてやるために、彼女の命を奪ったという……。今、おそらくこの場にいる誰もが想像しているような話ではなくなってくる。

遠刈田が話し終えると、皆の視線が梅田翁に向かった。

梅田翁本人に、この辺りの説明をしてもらわなければ、この浮かび上がった話は着地しない。

「あははは」

梅田翁が、もうほとんど彼のトレードマークのような呵々《かか》大笑をしたのはそのときである。

その声が洞窟《どうくつ》の隅々にまで響き渡っていく。

……君たちに、もう一つの方の話をしなければならないね。

「もう一つとおっしゃいますと?」

遠刈田はたずねて、すぐ、

「あっ」

と、気がついた。

「……い、一万年愛すという宝石の方ですね?」と。

「あっ」

そこで豊大が思い出したように声をもらす。そんな豊大を梅田翁が呆《あき》れたように笑う。

「お前も呑気《のんき》なやつだなぁ」

……お前は、そのために、こちらの遠刈田さんをこんな島にまでお呼びしたんだろ、と。

「で、でも、なんの関係があるんですか？」

……それとこれと。

というか、本当にあるんですか？

そ、そんな宝石が。

「まあ、そう慌てるな。これからちゃんと私が話をするよ」

梅田翁が豊大をたしなめる。

……私が、オークションマニアだったのは、お前たちも知ってるだろう。

百貨店の事業が軌道に乗って、自由になる金が増えたころからだった。

私にとってはギャンブルのような高揚感があったんだ。欲しいものを競り落とせたときの興奮や、逆に競り落とせなかったときの悔しさが、そのまま商売に向かう活力になった。

その宝石が、ある闇オークションに出品されるという噂を聞いたのは、ちょうどみっちゃんから余命いくばくもないという話を聞く少し前のことだった。

もちろん最初は空想の中でのことだった。

それをオークションで競り落とせたら、そしてそんな奇想天外なことを、もし彼女が受け入れてくれたならと、そんなことばかり考えるようになっていた。

「奇想天外？」

思わず口を挟んだのは遠刈田である。

余命いくばくもないとはいえ、何十年も思い続けた最愛の女性へ高価な宝石を贈ることに、奇想天外という言葉は当てはまらない。

「私はね、それを、幸運にもオークションで競り落とすことができたんだよ」

「え?」

あちこちから声が上がる。

ということは、やはりあったのである。

一万年愛すと名付けられたルビーを梅田翁は手に入れていたのである。

「実は、この奥に、もう一つ部屋があるんだよ」

ふいに梅田翁が立ち上がったのはそのときである。

……みんなに見てほしい。

一人、洞窟の奥へ向かう梅田翁に遅れまいと、遠刈田たちも急いで席を立つ。

やはり岩をくり貫《ぬ》いたような細い通路を抜けた先に、ちょっとした空間が広がっていた。

陽は差し込んでいないが、こちらは照明設備がなされており、今いたところよりも明るい。

梅田翁に続いて、中に入ったのは豊大だった。しかし、その足が洞窟の入口でふいに止まる。

豊大が何かを目にして言葉を失っているのが、その背中から伝わってくる。

その背中を無理に押すようにして、梅田家の人々が入っていく。

「きゃあ!」

葉子と乃々華の悲鳴が上がったのはそのときである。

すぐに逃げ出そうとした乃々華の体が、棒立ちの豊大にぶつかり、そこに一雄や葉子まで絡まりあって、まるで腰を抜かしたように四人が倒れこむ。

遠刈田はそんな彼らを跨《また》ぐように中へ入った。

眼前に現れたものが、なんであるのかを理解するまで少し時間を要した。

遠刈田はじっとそれを見つめた。

洞窟の岩壁に大きなカプセルのようなものが嵌《は》め込まれている。

ガラス製のカプセルはいかにも科学装置といったもので、何よりも遠刈田に言葉を失わせているものがその中で揺れている。

ガラス製のカプセルの中、ゆらゆらと揺れているのは、人間の髪の毛である。女性の長い髪の毛である。

そうと分かった瞬間、遠刈田は、

「ああ……」

と、思わずその場に膝《ひざ》をついた。

液体の充満したカプセルの中に一人の女性がまるで踊るように浮かんでいた。

その長い髪はゆらゆらと液体に漂い、白いワンピースの裾《すそ》もまた、踊るように揺れている。

「ああ……」

遠刈田はまた声をもらした。

それ以外、何も言葉が出てこないのである。

他の者たちも同様だった。

腰を抜かしたように、その場にしゃがみ込む者。隣に立つ者の腕を強く摑《つか》んだままの者。

誰もが身動きできないまま、それでも眼前のカプセル内で踊る一人の女性から目を逸《そ》らせずにいた。

「こ、これは……」

そんな中、勇敢にも坂巻がカプセルの方へ近づいていく。

「彼女が、藤谷詩子さんですよ」

梅田翁が静かに告げる。

その瞬間、また葉子や乃々華たちが、

「いやっ」

と、短い悲鳴を上げた。

遠刈田の背筋にも寒気が走る。

四十五年前に失踪し、そしておそらく梅田翁の手によって殺されたと思われていた女性が、白骨化した姿ではなく、当時のまま皆の前にいるのだ。

「これがね、私の『一万年愛す』だよ」

……さっき私が話した闇オークションで競り落とした装置だよ。

梅田翁が静かに語り出す。

……元々、私は、人体の冷凍保存というものに興味があったんだ。

いや、冷凍保存というよりも、「未来蘇生《そせい》」という言葉に、何か希望のようなものを感じていたんだと思う。

早く死にたいという、みっちゃんの思いを聞きながら、なぜか私がずっと思い浮かべていたのは、この装置のことだった。

たまたまその時期にオークションの案内が来たことが、まるで運命のようにも思えた。

私は、彼女に話してみたんだ。

もちろん、この装置のことじゃない。

昔、上野駅の冷たい床でケロが話してくれた『地底怪獣と冷凍人間』という話を覚えているかって。

彼女は覚えてたよ。

そして、こう笑ったんだ。

そんな装置があったら、私も入ってみたいわって。

そして、何十年か後、ケロの小説と同じように私の病気の特効薬ができたころに蘇《よみがえ》って、ぜんぜん違う世界を見てみたいって。

私が経験してきた人生じゃない別の人生。ほんの少しでいいから、そんな世界を見てみたいって。

きっと素晴らしい世界になってるはずよねって、彼女は言ったよ。

きっともうその世界には、私たちみたいな不幸な子どもはいないわよねって。

駅の子なんていない、そんな平和な世の中になってるわよねって。

私はね、彼女の言葉を聞きながら、改めて思ったんだよ。

みっちゃん、
あなたはやはりこんな人生を送るべき人ではない。

あなたはこんな風に人生を終わらせる人ではない。あなたは、私なんかより、もっともっと素晴らしい世界を見るべき人だって。

この装置をオークションにかけたのは、当時ソ連からフランスへ亡命していた科学者だった。

この装置の原理を簡単に言ってしまえば、人体の太ももの大動脈から血液を抜き取って、代わりに不凍液を流し込んで血液と入れ替える。

人体は仮死状態となる。

そして、その人体を液体窒素に沈め、マイナス百九十六℃まで急激に冷やす。

そして、その人体が目覚めるのは、十年後か、五十年後か、百年後か……。

適切な医療の発達した時代に蘇ることを目的とした理論的には瑕疵《かし》のない装置だ。

もちろん当時は奇想天外な話だった。

でもね、今では、これとまったく同じ方法を用いた民間の財団がある。

アメリカやヨーロッパでは、すでに多くの人が未来に希望をかけて仮死状態となっているんだ。中には有名なバスケットボール選手もいるそうだ。

とはいえ、私がオークションで競り落とした当時はまだまだ眉唾《まゆつば》ものだったからね。

私は予想より遥《はる》かに安い金額で競り落とすことができた。

開発者の亡命ロシア人をこの島に招聘《しょうへい》して、彼女の処置に当たってもらうこともできたんだ。

この辺りで遠刈田たちは、改めてカプセル内の女性に目を向けた。

仮死状態とはいえ、その開いた目にははっきりとこちらが映っているようにしか見えない。

「じゃ、じゃあ、お父さんは……」

……無理やりこの藤谷詩子さんをこんな姿にしたんですか！　だから無理やり拉致したんですか！

とつぜん一雄が悲痛な声を上げる。

……そんなの、お父さんのエゴだ。

そんなの、人の命をバカにしてる。

その場にくずおれた息子の肩に、梅田翁がその節くれだった手のひらをやさしく置く。

「そうじゃないんだよ、一雄」

梅田翁の手のひらがゆっくりと一雄の肩を揉《も》む。

……藤谷詩子さん、いや、あの日、スーパーに向かうみっちゃんを、無理やり車に引き摺《ず》り込んだのは、間違いなく私だ。

腕を引くのが私だと分かって、彼女は抵抗もしなかった。

それから私は彼女を説得したんだ。

当初、彼女は夕方までに帰宅すれば、何事もなかったことになるからと言っていた。

でも、私は彼女を帰さなかった。

いろんな話をした。もちろんこの装置のことや冷凍保存の話もした。

彼女は笑ってたよ。

そんな恐ろしいことが、私にできるわけないじゃないって。そんな勇気はないって。もしそんな勇気が私にあれば、こんな人生は送ってないって。

ずいぶん車の中で話したあとだった。

私は、無人島に別荘を持っている話をしたんだ。その隣には修験道のための島もあるって。

「別荘がある方にノラ島。もう一つにユキ島って名前をつけたよ」

と、私は教えた。

……本当はカタカナにしたかったんだけど、漢字での登録しかできなかったからねって。

その話をした途端、ふっと彼女の体から力が抜けるのが分かった。

「ノラとユキって、あのノラとユキ？」

そうたずねた彼女の目には、涙があふれていた。

「ああ、あのノラとユキだよ」

って私は答えた。

やっぱり覚えてたんだねって。

彼女はね、泣きながら、こう言ったよ。

忘れるわけないじゃないって。

私と幸次くんと、そしてケロ。私たち三人にあんなに懐いてた猫たちのことを私が忘れるわけないじゃないって。

あくびするノラに、どれほど私たちが救われたか。

日向《ひなた》で気持ちよさそうに伸びをするユキの姿が、私たちをどれほど安心させたか。

寒くて震えが止まらなかった夜、私たちの布団に入ってきてくれた痩《や》せたノラやユキの体がどれほど温かかったか。

私が忘れるわけないじゃない。

そして、彼女はこう言ったんだよ。

「幸次くん、私、その島に行ってみたい」って。

彼女をこっちに連れてきたあと、ずいぶん金を使って、医者に彼女を診てもらったよ。世間では彼女の失踪事件が明るみに出ていたから、闇とはいえ、信用の置ける医者を探すのは大変だった。それでもね、ある医者が彼女を親身になって診てくれた。

その医者もまた、駅の子だったんだ。

彼が言うには、もう手の施しようはないらしかった。

彼女の余命は長くて半年。その上、最後の三ヶ月はほぼ寝たきりになるだろうって。

私はね、もう一度、改めて彼女に言ったんだ。

あなたはこんな人生を送るべき人ではない。

あなたはこんな風に人生を終わらせる人ではない。あなたは、私なんかより、もっともっと素晴らしい世界を見るべき人だって。

そしたら彼女がこう聞くんだ。

きっと、変わってるわよねって。

私が目を覚ます世界には、もう悲しい思いをする子どもは一人もいないわよねって。

遠刈田たちはカプセル内の女性を、ただじっと見つめていた。

四十五年前、彼女が望んだ世界が、今ここにあるだろうか。

悲しい思いをしている子どもが、もうこの世界には一人もいないだろうか。

どこかの駅の冷たい床で、不安と恐怖にその小さな体を震わせている子はいないだろうか。

一雄の肩を揉んでいた梅田翁が、ゆっくりとそのカプセルに近づいていったのはそのときである。

そのままカプセルに触れると、まるで彼女の頰に触れるようにガラスを撫《な》でる。

「私は決心したんだ」

梅田翁がまるでカプセル内の女性に語りかけるように言う。

……残念ながら、間に合わなかった。

私たちが期待していた日を待つには、もう私は年を取りすぎてしまったよ。もちろん、あなたをこのままの状態で誰かに託そうかとも考えた。きっと私の家族たちなら喜んで引き受けてくれるとも思った。

でも、考え直したんだ。

私のいない世界で、あなただけが目を覚ますのは、あまりにも寂《さみ》しすぎるって。私たちはもう十分に寂しい思いはしたもんね。

だからね、私は決心したよ。

みっちゃん。

私は、今日この場でこの装置の電源を切ろうと思う。

お別れだよ。

梅田翁はそう言うと、振り返った。

「坂巻警部」

そう呼びかける梅田翁の声は少し震えている。

……私は、藤谷詩子さんを殺したわけじゃない。私は、彼女を生かしたんです。

そこで坂巻警部にお聞きしたい。

そんな私の罪名は何になりますでしょうね？

ふいに問われた坂巻警部は、言葉を失ったままである。

「殺人罪の反対の罪は、なんというんでしょうね」

梅田翁の視線が、なぜか遠刈田に向けられた。

……遠刈田さん、あなたなら、私のこの罪になんと名前をつけますか？

遠刈田はごくりと唾を呑《の》み込んだ。

おそらくこの四十五年の間、彼はこのカプセルの前で、毎日のように逡巡《しゆんじゆん》していたに違いない。

自分のしたことは正しかったのかどうか。

皆の強い視線を感じた。

「私なら……」

と、遠刈田はゆっくりと口を開いた。

眼前のカプセルの中では、決して幸せとは呼べない人生を歩んだ一人の女性がまるで踊るように液体に浮かんでいる。

……私なら、あなたが犯した罪にこう名前をつけます。

と、遠刈田は言った。

一万年……、一万年愛す、と。

遠刈田の答えに、梅田翁は満足そうだった。

「なるほど」

そして、そうつぶやいた声は涙声だった。

自分が犯したことを、初めて許せたような、そんな声だった。

梅田翁がまた女性を見つめる。

「本来なら、最後まで私一人でこの作業をするつもりだった」

……でもな、急にどうしてもお前たち家族のことを、みっちゃんに紹介したくなったんだよ。

梅田翁がまだ腰を抜かしている梅田家の人々に目を向ける。

……みっちゃん、これは俺の家族だよ。

一雄には商才はない。でも私には無縁だった慈善活動には誰よりも力を注ぐような男だ。

葉子さんはね、そんな一雄に一言も文句を言ったことがない。逆にそんな一雄をいつも助けてくれる。

孫の豊大がどんな子なのかは、さっきも見ただろ。海に落ちた清子さんを、自分の命も顧みずに助けに行けるような子だよ。

乃々華だって自慢できる。

商才という意味では、うちの中では誰よりも私に似ているのかもしれない。きっと私がいなくなっても、彼女なら、なんとか梅田丸を立ち直らせてくれると思う。

梅田翁はそこまで言うと、改めてカプセルの方へ近寄った。

次の瞬間、

「みっちゃん、さよなら」

そう声がしたような気がした。

いや、梅田翁の口が、そう動いただけだったのかもしれない。

梅田翁がためらうこともなく、装置の電源を落としたのはそのときである。途端、ずっと静かに唸《うな》っていた装置の音がぴたりと止まった。

すると、カプセル内を満たしていた透明の液体が急激に減っていく。踊るように浮かんでいた女性の髪が水面に広がる。

皆、こう思った。

そのまま女性の体も倒れるように底へ落ちていくのだろうと。しかし、液体は減っていくのに、女性の体だけは立った状態で残ったのである。

すべての液体がなくなった次の瞬間である。

とつぜんカプセルが自動で開いた。

皆はポカンと口を開けたままだった。

梅田翁もまた、同じように目を丸くしている。彼自身にも予期せぬ出来事らしかった。

そして、次の瞬間である。

遠刈田たちは信じられぬ光景を目撃する。カプセルが完全に開くと、濡《ぬ》れそぼった女性の体がとつぜんピンク色に発光したのである。

その光は思わず目を覆いたくなるほどだった。

さらに皆の度肝を抜いたのは、体をピンク色に発光させたその女性が、なんとゆっくりとカプセル内から歩き出てきたことである。

一歩、また一歩、と。

まるで誰かを探すように、その両手を差し出しながら。

そして、ふと足を止めた女性が微笑んだ。

間違いなく微笑んだのである。

「み、みっちゃん！」

梅田翁はその場でくずおれた。

女性はまだ微笑んでいる。

「みっちゃん！」

……俺だよ！　幸次だよ！

まるで少年のような梅田翁の声が、洞窟に響きわたる。

『地底怪獣と冷凍人間』というケロの小説では、何万年も眠っていた冷凍人間がその目を覚ました際、主人公の科学者にこうたずねるらしい。

「私はどれくらい眠っていましたか？」と。

そして、こうもたずねる。

「みんな、幸せになれましたか？」と。

おそらく、このときの梅田翁の耳にはそんなケロの話が蘇っていたのであろう。

みっちゃん！　みっちゃん！

と、まるで子どものように呼び続けた梅田翁が、

「ああ、幸せになれたよ！　私には、こんなに素晴らしい家族ができたよ！　自慢の家族なんだ！」

と、叫んだのである。

まるでその言葉を待っていたように、ピンク色に発光していた女性の体から光がとつぜん抜けた。抜けた途端だった。

色を失ったその胸元で何かが輝いた。

彼女の胸元に、大きなルビーがあったのだ。

「あっ」

遠刈田が思わずそう声をもらした瞬間である。

色の抜け落ちた女性の体がとつぜん溶けたのである。徐々にではなく、とつぜんその形を失い、どろっとした液体が皆の足元に広がったのだ。

皆は思わず後ずさった。

液体はすぐに薄くなり、洞窟の岩の間に染み込んでゆく。

皆は呆気《あっけ》にとられたままだった。そしてその場に残された唯一のもの。燦然《さんぜん》と輝くルビーを見つめていた。まるで、さっきまで発光していた彼女の体が、そのままルビーに姿を変えたようだった。

遠刈田たちはどれくらいその場に立ち尽くしていただろうか。

今、自分たちが何を見たのか。

皆、それさえも考える余裕がなかった。

ふと気がつけば、濁流が落ちる滝の音だけが高くなっている。

ずいぶんと時間が流れたあとである。

まず遠刈田が動いた。
皆が見つめているルビーを拾い上げ、
「本当にあったんですね」
と、つぶやく。
手のひらにずっしりと重かった。そしてやはり恐ろしいほど美しかった。
「ああ、それが正真正銘の『一万年愛す』だよ」
聞こえてきたのは、梅田翁の声だった。
……いつの日か、新しい時代で目を覚ます彼女に持たせてあげたかったんだ。
彼女がもう困らないように。
彼女がもうひもじい思いをしなくていいように。
彼女がもう凍えなくていいように。
私たちのような駅の子たちがもう泣かなくていいように。

エピローグ

豊大が久しぶりに遠刈田の事務所を訪ねてきたのは、野良島での出来事から半年ほどが経ったころだったそうである。

豊大は、事務所の古いベンチに腰かけるや否や、次のような話を始めたという。

「やはり、あのカプセルが開いてからの一連の流れは、科学的には説明しようがないみたいです」

……専門家にそれとなく尋ねて回ってみたんですが。

ただ、人体の冷凍保存自体については、実はそう珍しいものでもないらしくて、祖父が言っていたように実際にアメリカやヨーロッパでは、すでにそういう民間サービス企業もあるみたいですね。

まあ、ちょっとカルトっぽい雰囲気はありますけど。

豊大はそこまで一気に言うと、

「あ、いただきます」

と、今、気づいたように、遠刈田が淹《い》れたお茶を口に運んだ。

豊大がいう「カプセルが開いてからの一連の流れ」というのはもう読者諸氏もご承知であろう。

四十五年もの間、冷凍保存されていた藤谷詩子の体がとつぜんピンク色に発光したかと思うと、なんとそのままカプセルから歩き出てきて、その場で一瞬にして溶けて消えたという例の流れのことである。

もちろん、その際、彼女が微笑んでいたという状況については、その場にいた者たちの間でも意見が分かれている。

だが、少なくとも遠刈田には、四十五年の眠りから覚めた彼女が微笑んだように見えたのである。

「その後、どうですか、九州でのお暮らしは？」

遠刈田はお気に入りのマドレーヌを豊大に差し出した。

「ええ、おかげさまで」

豊大が早速マドレーヌを齧《かじ》る。

……教職の再試験も思いのほか順調に進みまして、今じゃ、野良島から少し離れた離島の小学校で、子どもたちと一緒になって野山を駆け回ってますよ。

「じゃあ、三上さんともたまにはお会いになってるんですね」

「たまにどころか、毎週末、野良島に行ってます」

……将来的には、二人であの島にフリースクールを作ろうと思っているんです。まだまだ先の話になりそうですが。

残念なことに、現代の日本でもいろんな理由で教育の機会を得られない子どもって多いんですよ。だから何か役に立つことができないかと。そのときにはうちの両親も東京を引き払って、全面的に手伝いたいなんて言ってますよ。

「しかし、まあ、初めて会ったときから思ってましたが、梅田家のような一族の長男に生まれて家業を継がないという選択ができるのも、またすごい勇気がいることなんでしょうね」

遠刈田もマドレーヌを口に運んだ。

いつもの店のものだが、やはりいつも通りにしっとりとして旨《うま》い。

「僕、今回の一連の出来事を経験してから、さらに教育っていうものが、この世界には何よりも大切なんだって痛感してるんですよ」

……この世界を良くするのも悪くするのも教育ですよ。

きっと遠刈田さんも僕が受け持っている子どもたちのあの澄んだ目を見れば、それがどういう意味か分かっていただけると思います。

豊大の話を聞きながら、このとき遠刈田の脳裏に浮かんでいたのは、薄暗い上野駅の構内で、身を寄せ合うようにして暮らす幸次やケロやみっちゃんの姿であった。

「まあ、うちの場合は、長男の僕なんか足元にも及ばない優秀な妹がいますからね」

豊大から乃々華の話が出たところで、遠刈田は最近ネットで見かけたニュース記事のコピーをテーブルに出した。

「たしかに、乃々華さんはそうとうなやり手のようですね」と。

「よくこんな記事、見つけましたね」

記事を手にして豊大が驚く。

……裁判はかなりの長丁場になるんでしょうけど、うまく運びそうですよ。

「そうみたいですねえ」

豊大の言葉に、遠刈田も頼もしげにうなずく。

東南アジアに活路を見出《みいだ》そうと、梅田丸百貨店がまずバンコクに「Ｔｈｅ Ｐｌｕｍ」というショッピングモールを出店した大規模な計画は、現在パートナーだったはずの香港の投資会社に、合法的とはいえ、乗っ取られたような形となっている。

その香港の投資会社を相手取って、乃々華率いる梅田丸百貨店が、近いうちに裁判を起こそうとしているのである。

現在の経営から梅田丸百貨店が完全に弾《はじ》かれてしまっているのは、国際法上、まったく文句のつけようがない。だが、乃々華が訴えようとしているのは、次のような契約違反についてである。

当初の契約の際、最優先事項であったタイ国内および、今後の出店先となる東南アジア各国での児童養護施設建設の推進事業が、現在の経営ではまったく白紙のままとなっているのである。

乃々華はこの一点を突こうとしている。いや、逆に言えば、それ以外、抜け目のない相手側に瑕《か》疵《し》はないのである。

そこで乃々華が目をつけたのが、タイ国内でも慈善事業の推進に熱心なワップという大手通信企業である。

すると、この大手通信企業のオーナーが、乃々華の話に乗ってきた。

梅田丸百貨店と組み、香港の投資会社が実質的に経営している「Ｔｈｅ Ｐｌｕｍ」にＴＯＢをかけてもよいと言ってきたのである。

要するに、ワップと梅田丸百貨店で新会社を設立し、「Ｔｈｅ Ｐｌｕｍ」の株式の過半数を取得しようという、なんとも頼もしい提案である。

もちろん、そのために莫大《ばくだい》な資金がいる。

正直なところ、乃々華率いる梅田丸百貨店側としては、国内の資産をすべて賭《か》ける大勝負になる。

それでもうまくいけば、流れは大きく変わる。

すると、この動きを知った香港の投資会社がすぐに態度を変えてきた。

それほどワップの資本は絶大だったのであろう。

乃々華が起こした裁判は続けながらも、それとは別の窓口を立て、梅田丸百貨店とワップが作る新会社への参加を希望してきたのである。

「その新会社設立の際には、梅田丸百貨店の名前は出なかったので、国内での報道はほとんどなかったんですよ」

豊大がそう言いながら、遠刈田がコピーしたネット記事をテーブルに戻す。

もちろん記事には何も書かれていないが、梅田丸百貨店が出資する資金の大部分が、あの宝石の売却金なのであろう。

「とはいえ、乃々華さんは大した人ですよ」

遠刈田は改めて感嘆した。

「乃々華が祖父の血を一番引き継いでますよね」

……あ、そうか、血は繋《つな》がってませんでした。

豊大が朗らかに笑う。

この笑い声だけを聞いても、彼が素晴らしい教師であることが分かる。

「あ、そういえば、あの話はどうなりましたか？」

豊大がふいに話題を変えたのはそのときである。

……祖父が、遠刈田さんに依頼したあの件ですよ、と。

「ああ、順調に進んでますよ」

遠刈田は少し自慢げにうなずいた。

話は半年前に遡《さかのぼ》る。

野良島での奇妙な体験から数日後のことである。梅田翁から直々に遠刈田は呼び出しを受けた。

遠刈田はすぐに野良島に飛んだ。

その際、梅田翁から受けた依頼というのは、次のようなものだった。

「今回の出来事を小説にしてもらえないだろうか」

梅田翁は遠刈田を迎え入れるなり、そう言ったのである。

梅田翁からの条件は次の通りである。

今回、遠刈田が野良島で経験したことを小説として後世に残したい。ただ、梅田家の素性がバレることは避けなければならない。

要するに、これが梅田家の話ではないという形で、小説にしてほしいという依頼だったのである。

遠刈田は少し時間がほしいと答えた。興味を持ちそうな小説家を一人知っているので、遠回しに相談してみると。

「その小説家というのは？」

梅田翁に聞かれ、遠刈田は隠さずに答えた。

「吉田修一《よしだしゆういち》という作家なのですが、実は、私の先輩に当たる人で、長い付き合いなんですよ」

残念ながら、梅田翁は吉田修一を知らず、遠刈田は簡単に経歴を紹介した。

「彼は純文学畑の作家で、現在は芥川賞《あくたがわ》の選考委員なんかもやっておりますが、アクション満載のスパイ小説を書いたりもしています」

……何より、今回のような話には、きっと興味を持つはずですと。

＊

そして、遠刈田蘭平が私のもとを訪れたのである。

私は、蘭平が野良島で体験したことを聞き終えると、その場で、「やるよ」と即答した。

それほど魅力的な話だった。

「ほんとですか！」

蘭平の喜びようは大変なものだった。

……でも、条件があるんですよ。

「登場人物たちの素性がバレないように書けってことだろ？」

「できますか？」

「そんなのは簡単だよ」

……瀬戸内海に浮かぶ島を、たとえば、そうだな、九州の九十九島辺りに移し替えれば、もう登場人物たちの正体は半分くらい分からなくなるよ」

「そんなもんですかね」

「もちろん、他にもいろんな部分を書き換えなきゃならないだろうけど」

「あと、そうだ。一番大切なことが」

蘭平は背筋を伸ばした。

……梅田翁が、この小説で伝えてほしい真実は、たったの一つだけだそうです。

「分かってるよ」

と、私は言った。

そこに蘭平ではなく梅田翁その人がいるようだった。

……分かってるよ。

と、私は繰り返した。

……今からそう遠くもない昔、あの上野駅に、幸次とケロ、そしてみっちゃんという、三人の子どもがいたってことだろ、と。

蘭平は、

「はい」

と、どこか嬉《うれ》しそうにうなずいた。

そして、「あ、そうそう」と思い出したように付け加える。

……梅田翁からのお願いがもう一つ。

「なんだよ?」

「これは、できれば、で、いいそうなんですが」

……もしそれが、まるで大人になったケロが書いたような小説になっていたら、彼はもう、本当に何も思い残すことはないそうです。

蘭平はそう言うと、私に古いノートを差し出した。

その汚れた表紙には『地底人の逆襲』というタイトルがある。

私は少し時間をもらって、その小説を読んだ。

正直なところ、会話文ばかりで、いかにも子どもっぽい文章であった。ではあったが、このケロという少年が、どんな場所で、どんな思いで、この小説を書いていたのか。

そんなことが拙《つたな》い文字の行間からこぼれ落ちてくる。

「難しい注文だけど、自分なりに最善を尽くしてみるよ」

私はそう答えた。

……きっと、この子は書くことで生きていたんだろうね。

私にはそんな彼の思いがこのノートからひしひしと伝わってきた。

同じ小説家として、ずっと忘れていた何かをこの子の小説が思い出させてくれたのである。


私が執筆の依頼を引き受けたことを知って、梅田翁は大変喜んでくれたようである。

その梅田翁が心筋梗塞《こうそく》で急死した知らせを受けたのは、その直後だった。

彼は「一万年愛す」の売却を含む遺産の生前処理を行い、最善の形で梅田丸百貨店の経営を孫娘の乃々華に引き継がせたという。

最後は、野良島の眺めのよい寝室のベッドで、苦しむこともなく眠るように亡くなっていたらしい。

前の晩、虫の知らせでもあったのかもしれない。彼の枕元には、こんなメモが残されていたという。

ケロ、
これからみっちゃんを連れて、そっちに行くよ。
ずいぶん待たせたね。
寂《さみ》しかったろ。
でも、これからはもうずっと三人一緒だよ。
またいろんな話を聞かせてくれよな。

本書は、「産経新聞」２０２４年４月〜９月に連載したものを加筆修正しました。

この作品はフィクションです。実在の人物・団体・事件とは一切関係がありません。

吉田修一（よしだ　しゅういち）
1968年長崎市生まれ。97年「最後の息子」で文學界新人賞を受賞し作家デビュー。2002年『パレード』で山本周五郎賞、同年「パーク・ライフ」で芥川賞、07年『悪人』で毎日出版文化賞と大佛次郎賞、10年『横道世之介』で柴田錬三郎賞、19年『国宝』で芸術選奨文部科学大臣賞と中央公論文芸賞、23年『ミス・サンシャイン』で島清恋愛文学賞を受賞。著書に『路《ルウ》』『怒り』『橋を渡る』『ウォーターゲーム』『女たちは二度遊ぶ』『犯罪小説集』『逃亡小説集』『ブランド』『永遠と横道世之介』など多数。

罪名《ざいめい》、一万年愛《いちまんねんあい》す

2024年10月18日　初版発行

著者／吉田修一《よしだしゆういち》

発行者／山下直久

発行／株式会社KADOKAWA
〒102-8177　東京都千代田区富士見2-13-3
電話　0570-002-301(ナビダイヤル)

印刷所／旭印刷株式会社

製本所／本間製本株式会社

ISBN 978-4-04-115030-6　C0093